教你讀
唐代傳奇 裴鉶傳奇

劉瑛——著

自序

民國四十年三月，我正在臺灣大學法學院政治系唸二年級，看到《中央日報》刊登「中國文藝協會舉辦小說研究組」的消息，為了想實現我從小便愛好寫作的夢，立即報名，並附上作品。經甄試錄取了，三月十二日，國父逝世紀念日，小說研究組在台北市公園路女師附小開始始業式，每晚六時到九時上課。

小說研究組由李辰冬博士和趙友培先生兩位教授主持，研究為期六個月，正式課程兩百五十小時，每週另有兩個小時的分組寫作指導，教授如潘仲規、高明、葛賢寧、陳紀瀅、李曼瑰、張其昀、羅家倫、許君武、王夢鷗、何容、沈剛伯、劉獅、王紹清、梁實秋等，都是一時之選。後來，一、二兩期結業的同學中，頗具文名的，如《紫色的愛》作者吳引漱（筆名「水束文」），散文名家王鼎鈞、《野風》半月刊創辦人施魯生（筆名「師範」）、九歌出版社發行人蔡文甫、《歸隊》作者駱仁逸、文學理論家羅德湛（筆名「羅盤」）。其它如劉非烈、舒暢、楚茹、盧克彰、鐘虹、周介塵、段彩華等，都曾有名於一時。我曾在民國四十一年十二月，以一篇中篇〈亂世家人〉，獲得中華文藝獎金委員會一千四百五十元的獎金。當時，我讀臺大大三的學雜費，還不到臺幣一百元。而這篇小說，等於是我參加小說研究組的「畢業論文」。

離開學校後進入外交部工作，雖然也有時寫一兩篇小說，但畢竟公務纏身，無法暢所欲寫。民國六十年我在非洲工作，興趣轉到唐代傳奇。寫了好幾篇論文在《中華文化復興月刊》發表。而後陸續又寫了好些篇，最後集成一書，於民國七十一年以《唐代傳奇研究》為題，由正中書局印行。其後又寫了續集，也由正中書局出版，兩書二版則由聯經發行，且已出至三版了。

民國七十八年，我任駐泰王國代表時，雖然公務較忙，公餘還是有時間，我把《唐代傳奇研究》一書予以增訂，其時初版已售罄，版權也已收回，於是將增訂後的《唐代傳奇研究》交請聯經出版社於民國八十三年再版，頁數增至四百七十六頁，民國九十五年再增訂為四百八十一頁，由聯經再版問世。此外，我又將「從傳奇看唐代社會」論文數篇集成一書，由聯經出版社以《唐代傳奇研究續集》為書名，於九十五年出版。

我七十歲時辭職退休，弄孫之餘，時間較多，於是埋頭古書中，搜尋唐代傳奇的單篇和專集，先後由秀威資訊不計利益，但為保存我國古代文化的一部分，毅然為我出版了《教你讀唐代傳奇1》為書名的三十個傳奇單篇。包括〈古鏡記〉、〈白猿傳〉、〈鶯鶯傳〉、〈霍小玉傳〉、〈李娃傳〉、〈柳毅〉等名篇。之後，又出版了拙著《教你讀唐代傳奇——博異志》、《教你讀唐代傳奇——集異記》和《教你讀唐代傳奇——聶隱娘》。

我繼續蒐集到的傳奇文章，如《玄怪錄》、《續玄怪錄》、《傳奇》、《河東記》、《宣室志》、《三水小牘》、《甘澤謠》，也都經過整理、點校、註解，甚至語譯，結集成書。將陸續由秀威資訊出版。

目前與秀威資訊編輯辛秉學兄談起，《唐代傳奇研究》與《唐代傳奇研究續集》二書，與聯經出版社的合約早已到期，經取得該公司同意我收回版權。擬在有生之年，再將兩書修訂，交請秀威資訊再版，然後湊成唐代傳奇一整套書，供學者翻閱、研究，辛兄表示支持。

本書《玄怪錄》，乃是傳奇中流傳較廣、影響較大的一本傳奇集。筆者曾跑了好多圖書館，請教了好一些學者教授，讀了不少書，花了整整一年功夫才完成，自知資質不佳、學識不足，誠盼高明不棄，予以指正，則幸甚矣。

我今年九十整壽，內人胡富香女士也八十誕辰。我們結縭，正好六十週年。有了內人的鼓勵與支持，我才能完成這些書的寫作。本書的出版，正好拿來向內人致敬。謝謝她六十年來的愛護、扶持。

雖然，九十是高齡，感謝上蒼，仍讓我耳聰目明，也無老人癡呆之症，是以，我最近仍在蒐集《紀聞》一書的篇章，以及有可讀性的單篇，希望一年之內能交出成績，屆時又將麻煩秀威資訊了。

導讀

一、前言

唐代文學，以詩歌與小說最為突出，早為學者所公認。而唐代詩歌與小說之所以發達，又和唐以詩文取士的科舉考試有密切的關係。當時流行「投卷」，舉人們把自己認為最得意的文章，投獻給主司或名家，若得到欣賞，一旦成名，便很容易得到主考官的先入的印象，易於錄取。用來作投卷的作品，又以傳奇小說為最方便。因為一篇傳奇之中，有敘事、有詩文、有議論。可充分發揮作者的史才、詩筆、和論說各方面的才華。史才、詩筆和論辯，也正是進士試所要試的。

於是，作家如雨後春筍，承六朝志怪餘緒，編寫出許多不朽的故事。其中，裴鉶的《傳奇》（編按：原名為《傳奇》，後人多稱為《裴鉶傳奇》），汪國垣先生說：「其書盛傳於趙宋之時。故宋人輒目唐人小說之涉及神仙詭譎之事者，概稱之曰傳奇。」（《唐人傳奇小說・傳奇》）可見此書的廣受歡迎。

裴鉶的《傳奇》，我們認為：第一，他能幻設出非常動人的情節。如〈孫恪〉中之猿怪袁氏，恩愛夫妻十餘載，「緣」盡裂衣化猿歸深山。〈封陟〉三遇仙女而不顧，等等，都十分突出。而〈崑崙奴〉與〈聶隱娘〉，敘述劍客的飛簷走壁功夫，為後世劍俠故事提供了示範。第二，他創造出許多鬼、怪的詩歌。如〈盧涵〉中的「白楊風起隴頭寒！」讀起來只覺森森鬱鬱，的是鬼詩。第三，唐吏部試的「體、言、書、判」。判必用四六對句。裴鉶於描寫一種景色，或形容美人的姿態，常是用四六駢句，顯示他的文彩。第四，他的鬼、狐故事，為後來作家鑄了一個模子。總之，在史才、文筆、詩歌和議論各方面都樹立了極好的範例。

二、《傳奇》一書的內容

《新唐書》卷五十九〈藝文志三〉載小說家類三十九家，四十一部、三百八卷。其中列有：「裴鉶《傳奇》三卷（高駢從事）」

《宋史》卷二百六〈藝文〉五列：「裴鉶《傳奇》三卷。」沒有註。

晁公武《郡齋讀書志》卷三下〈小說類〉載：「傳奇三卷。」其後註云：「右唐裴鉶撰。鉶、高駢客。故其書所記皆神仙怪譎事。駢之惑呂用之，未必非鉶輩導諛所致。」

陳振孫《直齋書錄解題》卷十一中說：「傳奇六卷。」其後註云：「唐裴鉶撰。高駢從事也。」唐志三卷，今六卷，皆後人以其卷帙多而分之也。

明、清以後，書誌中便見不到《傳奇》書目。可能是南宋之後，其書已燬於兵災，兼且北宋輯成的《太平廣記》中有採入《傳奇》二十餘篇，遂無人再予典刊印行了。元明之際的陶宗儀《說郛》，多錄唐人小說，獨缺《傳奇》。明人所輯《古今說海》，卻要從《廣記》中輯錄《傳奇》之文，且不著撰人姓氏。足證此書南宋後已失傳了。

唐志、宋志和晁公武之將《傳奇》列為三卷，陳直齋列為六卷，都未說明有多少篇。原書究係三卷，還是六卷，都已無從考證了。

我們現有的是台灣古新書局於民國六十五年（一九七六）印行的《太平廣記》點校本，乃是以明嘉靖四十五年（一五六六）無錫談愷刻本為底本，用陳鱣所校宋本、明沈氏野竹齋鈔本校勘，還參酌了明許自昌刻本和清黃晟刻本，加以整理出來的較完善的版本。我們依照台灣藝文印書館由周次吉編的《太平廣記人名書名索引》（民國六十二年元月初版），從《廣記》中找出《傳奇》中文字共二十九篇。又從《類說》中找出《廣記》未收錄的三篇，合共三十篇之多。另外，我們有世界書局世界文庫四部刊要版的《傳奇》、和商務印書館萬有文庫由吳曾祺編的《舊小說》（其第五冊載有《傳奇》十三篇。）互相參照，予以校錄，並予分段，加上標點符號。為便於青年學子閱讀，艱深辭句，並加註解。

然而，此三十篇文字，是否即原書全貌，也很難說，但我們實在盡了最大的努力，相信去原書不遠。

我們現將四種版本的《傳奇》所收錄篇章列表對照如次：

	太平廣記（卷數／類／說）	世界本《傳奇》（篇次）	商務舊小說（篇次）
一	元柳二公（25）	元徹柳實	
二	崔煒（34／崔煒）	崔煒（1）	崔煒（7）
三	陶尹二君（40／陶太白尹子虛）	陶尹二君（2）	
四	許棲巖（47／許栖岩）	許棲巖（3）	
五	裴航（50／裴航）	裴航（4）	裴航（6）

六	封陟（68／封陟）	封陟（5）	
七	張雲容（69／薛昭）		
八	金剛仙（96）	金剛仙（6）	金剛仙（2）
九	鄭德璘（152）		
十	崑崙奴（194／崔生）	崑崙奴（7）	
十一	聶隱娘（194）		聶隱娘（8）
十二	張無頗（311／張無頗）	張無頗（9）	張無頗（3）
十三	蕭曠（311／落浦神女感甄賦）		
十四	曾季衡（347／曾季衡）	曾季衡（10）	
十五	趙合（347）	趙合（11）	
十六	顏濬（350／顏濬）		
十七	韋自東（356）	韋自東（12）	韋自東（13）
十八	盧涵（372）	盧涵（13）	盧涵（12）
十九	陳鸞鳳（394）	陳鸞鳳（14）	陳鸞鳳（4）

二十	江叟（416／江叟）	江叟（15）	江叟（11）
二十一	周邯（422／周邯）	周邯（16）	周邯（8）
二十二	五臺山池（424）	五臺山池（17）	
二十三	馬拯（430）	馬拯（18）	馬拯（5）
二十四	王居貞（430）	王居貞（19）	
二十五	寧茵（434／寧茵）	寧茵（20）	
二十六	蔣武（441／蔣武）	蔣武（21）	蔣武（9）
二十七	孫恪（445／孫恪）	孫恪（22）	
二十八	鄧甲（458）	鄧甲（23）	鄧甲（1）
二十九	高昱（470／高昱）	高昱（24）	高昱（10）
三十		文蕭	

〈元柳二公〉篇，《廣記》註：「出《續仙傳》」。《類說》卻將之歸入《傳奇》。王夢鷗先生《唐人小說研究》第一冊考定其為《傳奇》之文。〈張雲容〉篇，《廣記》註出《傳

記》。《類說》及《紺珠集》卻都將之歸入《傳奇》，而題名「薛昭」。王夢鷗先生認為該文題旨與文字均與《傳奇》相近，應屬《傳奇》之文。至於〈金剛仙〉、〈五臺山池〉和〈王居貞〉三篇，其文窘質，不類他篇。王夢鷗先生認為係編者誤植，頗有道理。

三、《傳奇》的著者裴鉶

裴鉶的事蹟，史傳不載。計有功《唐詩記事》卷六十七載：

乾符（僖宗年號）五年（西元八七八年），鉶以御史大夫為成都節度副使。題石室詩曰：「文翁石室有儀形，庠序千秋播德聲。古柏尚留今日翠，高岷欲藹舊時青。人心未肯拋羶蟻，弟子依前學聚螢。更嘆沱江無限水，爭流祇願到滄溟。」時高駢為使。時亂矣。故鉶詩有願到滄溟之句。

又《全唐文》卷八百五錄有裴鉶文一篇。稱：

鉶咸通中為靜海軍節度使高駢掌書記。加侍御史內供奉。後官成都節度使副使，加御史大夫。

這便是裴鉶全部生平可考的事蹟了。我們查《登科記考》、《唐會要》、和《唐尚書省郎官柱石題名考》諸書，都找不到他的名字。

王夢鷗先生著《唐人小說研究》第一冊〈傳奇校補考釋〉中說：

《新唐書・宰相世系表》：裴氏出於絳州聞喜。其世系中，中眷裴氏，於裴行儉之裔孫有裴鉷、裴鎬、裴鋗、裴鍔等，並從金旁取名，而年輩又與裴鉶相當，是可略知其族系與里籍矣。

不無可能。惟裴氏在唐屬關中郡姓。有唐一代，宰相三二八人，關中郡姓之韋、裴、柳、薛、楊、杜六姓佔六十一人，幾乎是五分之一。六十一人中，裴氏十七人最多。看《登科記》和《郎官柱石題名考》中，姓裴的實在太多，裴鉶是否是聞喜裴家的一份子，仍有待學者進一步的考證。

四、傳奇的藝術價值

——卯酒醒還困，仙村夢不成。藍橋何處覓雲英，惟有多情流水伴人行。

這是宋代蘇東坡的〈南歌子〉詞後半闋。其中所引的藍橋雲英的典故，正是《傳奇》中的〈裴航〉藍橋獲得佳侶雲英姑娘的故事。

胡應麟《少室山房筆叢》卷三十七載：

〈品彙〉，故臺城妓一絕：「獨持巾櫛掩玄關，小帳無人燭影殘。昔日羅衣今化盡，白楊風起隴頭寒。」此首頗有大曆意。然是耿將軍青衣，非臺城妓也。

「耿將軍青衣」，乃是《傳奇》〈盧涵〉篇中盧涵所遇見的女鬼。元瑞言下之意，對此詩頗為欣賞。

我們認為：傳奇文章之所以發達，其因素之一，乃在進士一科，在唐特別為貴重。而進士試之內容，不外詩文、議論和敘述。《傳奇》各篇，有詩歌者甚多。議論也在在都有。至於敘述，王夢鷗先生說：

崑崙奴、聶隱娘兩篇，最為膾炙人口，亦為作者經意之作。然其中不循神仙服食修煉之功，但記之以見史筆。

「見史筆」，暢史才也。本人《唐代傳奇研究》一書中論之甚詳。《傳奇》一書，著者正發揮了他在這三方面的才能。

以現代短篇小說的要件來說：一篇好的小說，它必須：

有鮮明的主角、

有動人的情節、

以優美的散文敘事。

這幾點，《傳奇》中如〈聶隱娘〉、〈裴航〉、〈盧涵〉等等，幾乎每一篇都作到了。所以，篇篇都是精彩的短篇小說。

尤其〈聶隱娘〉、〈崑崙奴〉諸篇，為後來的武俠小說提供了鮮明的規模。〈孫恪〉、〈盧涵〉等，成了後世鬼怪小說的典範。還有許多篇為後世改編成戲劇搬演，影響不可謂不大。

目次

一、元柳二公

元和初❶，有元徹柳實者，居於衡山❷。二公俱有從父❸，為官浙右，李庶人連累，各竄於驩，愛州❹。二公共結行李而往省焉。至於廉州合浦縣❺，登舟而欲越海。將抵交阯❻，艤舟於合浦岸。夜有村人饗神，簫鼓喧嘩，舟人與二公僕使齊往看焉。

夜將午，俄颶風欲起，斷纜漂舟，入於大海，莫知所適。罥長鯨之鬐，搶巨鰲之背，浪浮雪嶠，日涌火輪。觸蛟室而梭停，撞蜃樓而瓦解❼。擺簸數四❽，幾欲傾沉。然後抵孤島而風止，二公愁悶而陟焉❾。見天王尊像，瑩然於嶺所，有金爐、香燼，而別無一物❿。

二公周覽之次。忽睹海面上有巨獸，出首四顧，若有察聽。牙森劍戟，目閃電光⓫，良久而沒。

逡巡⓬，復有紫雲自海面湧出，漫衍數百步⓭，中有五色大芙蓉，高百餘尺，葉葉而綻。內有帳幄，若繡綺錯雜，耀奪人眼。又見虹橋忽展，直抵於島上。俄有雙鬟侍女，捧玉合，持金爐，自蓮葉而來天尊所。易其殘燼，炷以異香。

二公見之，前告叩頭。辭理哀酸，求返人世。雙鬟不答，二公請益良久。女曰：「子是何人？而遽至此。」二公具以實白之。

女曰：「少頃有玉虛尊師當降此島，與南溟夫人會約，子但堅請之，將有所遂。」言訖，有道士乘白鹿，馭彩霞，直降於島上。二公並拜而泣告，尊師憫之曰：「子可隨此女而謁南溟夫人，當有歸期，可無礙矣。」尊師語雙鬟曰：「余暫修真畢，當詣波。」

二子受教，至帳前行拜謁之禮。見一女未笄，衣五色文彩，皓玉凝肌，紅流膩豔，神澄沆瀣、氣肅滄溟⑭。二子告以姓字。夫人哂之曰：「昔時天台有劉晨，今有柳實；昔有阮肇⑮，今有元徹；昔時有劉阮，今有元柳，莫非天也。」設二榻⑯而坐。

俄頃尊師至，夫人迎拜，遂還坐。有仙娥數輩，奏笙簧簫笛。旁列鸞鳳之歌舞，雅合節奏。二子恍惚，若夢於鈞天⑰，即人世罕聞見矣。

（夫人）遂命飛觴，忽有玄鶴，銜彩牋自空而至曰：「安期生知尊師赴南溟會，暫請枉駕。」尊師讀之，謂玄鶴曰：「尋當至波。」尊師語夫人曰：「與安期生⑱間闊千年，不值南遊，無因訪話。」

夫人遂促侍女進饌19，玉器光潔。夫人（與尊師）對食，而二子不得餉。尊師曰：「二子雖未合餉，然為求人間之食而餉之。」夫人曰：「然」。即別進饌，乃人間味也。

尊師食畢。懷中出丹篆一卷20而授夫人。夫人拜而受之，遂告去。回顧二子曰：「子有道骨，歸乃不難。然邂逅相遇，合有靈藥相貺。但子宿分自有師，吾不當為子師耳。」二子拜。尊師遂去。

俄海上有武夫，長數丈，衣金甲，仗劍而道曰：「奉使天真清道不謹，法當顯戮，今已行刑。」遂趨而沒。

夫人命侍女紫衣鳳冠者曰：「可送客去。而所乘者何？」侍女曰：「有百花橋可馭21二子。」二子感謝拜別。夫人贈以玉壺一枚，高尺餘。夫人命筆題玉壺詩贈曰：「來從一葉舟中來，去向百花橋上去。若到人間扣玉壺，鴛鴦自解分明語。」

俄有橋長數百步，欄檻之上，皆有異花。二子於花間潛窺，見千龍萬蛇，遞相交遶為橋之柱。又見昔海上獸，已身首異處，浮於波上。二子因詰使者。

使者曰：「此獸為不知二君故也。」使者又曰：「我不當為使而送子，蓋有深意欲奉託，强為此行。」遂襟帶間解一琥珀合，中有物隱隱若蜘蛛形狀。謂二子曰：「吾輩水仙也。水仙陰也，而無男子。吾昔遇番禺少年，情之至而有子，未三歲，合棄之。夫人命與南嶽神為子，其來久矣。中間南岳回雁峰使者，有事於水府，返日，憑寄吾子所弄玉環往，而使者隱之，吾頗為恨。望二君子為持此合子至回雁峰下，訪使者廟投之，當有異變。倘得玉環，為送吾子。吾子亦自當有報効耳。慎勿啓之！」

二子受之，謂使者曰：「夫人詩云：若到人間扣[22]玉壺，鴛鴦自解分明語；何也？」（使者）曰：「子歸，有事但扣玉壺，當有鴛鴦應之，事無不從矣。」

又問曰：「玉虛尊師云：吾輩自有師，師復是誰？」曰：「南岳太極先生耳，當自遇之。」二子遂與使者告別。橋之盡所，即昔日合浦之維舟處[23]，回視已無橋矣。

二子詢之，時已十二年。驩，愛二州親屬，已殞謝矣。問道將歸衡山，中途因餒而扣壺，遂有鴛鴦語曰：「若欲飲食，前行自遇耳。」俄而道左有盤饌豐備。二子食之，而數日不思他味。尋即達家，昔日童稚，已弱冠矣。然二子妻各謝世已三晝[24]。家人輩悲喜不勝，曰：「人云郎君亡沒大海，服闋已九秋矣。」

二子厭人世，體亦清虛，睹妻子喪，不甚悲感。遂相與直抵回雁峰，訪使者廟，以合子投之。倏有黑龍長數丈，激風噴雹，折樹揭屋，霹靂一聲而廟宇立碎。二子戰慄，不敢熟視，空中乃有擲玉環者，二子取之而送南岳廟。

及歸，有黃衣少年持二金合子，各到二子家曰：「郎君令持此藥曰還魂膏，而報二君子。家有斃者，雖一甲子，猶能塗頂而活。」受之，而使者不見。二子遂以活妻室，後共尋雲水，訪太極先生，而曾無影響。悶卻歸。因大雪，見大叟負樵而鬻。二子哀其衰邁，飲之以酒，睹樵擔上刻有太極字，仙鑑：「哀其年老而寒」遂禮之為師。以玉壺告之，叟曰：「吾貯玉液者，亡來數十甲子，甚喜再見。」二子因隨詣祝融峰，自此而得道，不重見耳。

校志

一、《太平廣記》卷二十五載此文，註云：「出《續仙傳》」。惟《類說》卷三十二、《紺珠集》卷十一節錄此文，均稱出之《傳奇》。王夢鷗先生也認為此篇應屬裴鉶《傳奇》中的一篇。我們讀本篇，如形容颶風起時的四六駢句，的是裴鉶手法。王先生所見甚是。

二、古文強予分段，實為不易。勉強為之，實在不討好。尤其古文常缺少主詞。或主詞不清。我們儘可能在句前以括弧形式填入主詞，使讀者易於了解。

三、本文據《太平廣記》、《類說》與《紺珠集》校錄，並加註標點符號。

註釋

❶元和——唐憲宗年號，共十五年，自西元八〇六至八二〇年。

❷衡山——南嶽衡山，我國五嶽之一。衡山在湖南省。

❸從父——稱父之兄弟曰從父。

❹為李庶人連累，各竄於驩，愛州——李錡，名列《新書》卷二二四上〈叛臣傳〉：元、柳二人的各自從父，受株連而被流放至驩州與愛州。

❺廉州合浦縣——在今之廣東省。

❻交阯——又名交趾。今越南北部地，漢有交趾郡。隋設交趾縣。

❼罥——音絹，結、繫。罥長鯨之鰭四句——極言狂風巨浪之恐怖。山銳而高曰嶠。蜃樓海市，多在空中，如何能為浪撞中？

❽擺簸——擺：搖擺。簸：巔簸。數四，再三。言船不停的搖擺巔簸。

❾陟——登。

❿天王尊像，瑩然於嶺所，有金爐香燼，而別無一物——瑩然：天尊的像可能是玉石所雕成，故瑩然立於嶺上。香燼：香灰。

⓫牙森劍戟，目閃電光——牙森：牙齒多而整齊。鋒利有如刀劍。

⓬逡巡——須臾。

⓭漫衍——漫：瀰漫。衍：延伸。

⓮皓玉凝肌，紅流膩豔，神澄沆瀣、氣肅滄溟——形容小姐的白皮膚像白玉。紅顏豔麗。神情澄潔如山上的清氣。氣度嚴肅如水紋般的穩靜。——這是作者裴鉶慣用的描繪手法。

⓯劉晨、阮肇——東漢劉晨和阮肇，於永平年間入天台採藥，遇二仙女，留住半年。之後回家，子孫已七世了！

⓰榻——坐榻。

⓱鈞天——中央曰鈞天。

⓲安期生——秦瑯玡人，受學於河上丈人。

⓳饌——食物。

⓴丹篆一卷——紅色篆字書一卷。篆：書體的一種。

㉑馭——音禦。可馭二子：可供二子使用。

㉒扣——輕敲。如：叩門。

㉓維舟處——繫船之處。

㉔三晝——疑是「三歲」之誤。

二、崔煒

貞元中❶，有崔煒者，故監察向❷之子也。向有詩名於人間，終於南海從事。煒居南海，意豁然❸也。不事家產，多尚豪俠。不數年，財業殫盡❹，多棲止佛舍。

時中元日，番禺人多陳設珍異於佛廟，集百戲於開元寺，煒因窺之。見乞食老嫗，因蹶而覆人之酒甕❺，當壚者毆之，計其直僅一緡耳❻。煒憐之，脫衣為償其所值。嫗不謝而去。

異日又來，告煒曰：「謝子為脫吾難，吾善灸贅疣❼，今有越井岡艾❽少許奉子。每遇疣贅，只一炷耳，不獨愈苦，兼獲美豔。」煒笑而受之，嫗倏亦不見❾。

後數日，因遊海光寺，遇老僧贅於耳，煒因出艾試灸之；而如其說。僧感之甚，謂煒曰：「貧道無以奉酬，但轉經以資郎君之福祐耳。此山下有一任翁者，藏鏹巨萬❿，亦有斯疾，君子能療之，當有厚報。請為書導之。⓫」

煒曰：「然。」任翁一聞喜躍，禮請甚謹。煒因出艾，一爇而愈⓬。

任翁告煒曰：「謝君子痊我所苦，無以厚酬，有錢十萬奉子，無草草而去。」煒因留波。

煒善絲竹之妙，聞主人堂前彈琴聲，詰家童。對曰：「主人之愛女也。」因請其琴而彈之。女潛聽而有意焉。

時任翁家事鬼，曰「獨腳神」。每三歲，必殺一人饗之。時已逼矣，求人不獲。任翁俄負心，召其子計之曰：「門下客既不來，無血屬，可以為饗⓭。吾聞大恩尚不報，況愈小疾耳。」遂令具神饌。夜將半，擬殺煒。已潛局煒所處之室，而煒莫覺。女密知之。潛持刃於窗隙間告煒曰：「吾家事鬼，今夜當殺汝而祭之，汝可持此破窗遁去。不然者，少頃死矣。此刃亦望持去，無相累也。」

煒恐悸汗流，揮刃攜艾，斷窗櫺躍出，拔鍵而走⓮。任翁俄覺，率家僮十餘輩，持刃秉炬⓯，追之六七里，幾及之。煒因迷道失足，墜於大枯井中，追者失蹤而返⓰。

煒雖墜井，為槁葉所藉而無傷。及曉視之，乃一巨穴，深百餘丈，無計可出。四旁嵌空，宛轉可容千人，中有一白虵⓱盤屈，可長數丈。前有石臼，巖上有物滴下，如飴蜜，注臼中，虵就飲之。

煒察虵有異，乃叩首祝之曰：「龍王！某不幸墜於此，願王憫之，幸不相害。」因飲其餘。亦不飢渴。細視虵之唇吻，亦有疣焉。煒感虵之見憫，欲為灸之，柰無從得火。既久有遙火飄入於穴。煒乃燃艾，啓虵而灸之。是贅應手墜地。

虵之飲食久妨礙，及去，頗以為便，遂吐徑寸珠酬煒。煒不受，而啓虵曰：「龍王能施雲雨，陰陽莫測，神變由心，行藏在己，必能有道拯援沉淪，倘賜挈維得還人世，則死生感激，銘在肌膚。但得一歸，不願懷寶。」

虵遂咽珠，蜿蜒將有所適。煒遂再拜，跨虵而去。不由穴口，只於洞中行可數十里。其中幽暗若漆，但虵之光燭兩壁，時見繪畫古丈夫，咸有冠帶。最後觸一石門，門有金獸齧環[18]，洞然明朗。虵低首不進，而卸下煒。煒將謂已達人世矣。

入戶，但見一室，空闊可百餘步。穴之四壁，皆鐫為房室[19]，當中有錦繡幃帳數間，垂金泥紫，更飾以珠翠，炫晃如明星之連綴；帳前有金爐，爐上有蛟龍鸞鳳龜虵鸞雀，皆張口噴出香烟，芳芬蓊鬱[20]。傍有小池，砌以金壁，貯以水銀。鳧鷖之類，皆琢以瓊瑤而泛之[21]。四壁有床，咸飾以犀象，上有琴瑟笙簧，鼗鼓柷敔[22]，不可勝記。煒細視，手澤尚新。煒乃恍然，莫測是何洞府也。

良久，取琴試彈之，四壁戶牖咸啓。有小青衣出而笑曰：「玉京子，已送崔家郎君至矣。」遂卻走入。

須臾，有四女皆古鬟髻，曳霓裳之衣。謂煒曰：「何崔子擅入皇帝玄宮耶？」煒乃捨琴再拜，女亦酬拜。

煒曰：「既是皇帝玄宮，皇帝何在？」曰：「暫赴祝融宴爾。」遂命煒就榻鼓琴。煒乃彈胡笳。

女曰：「何曲也？」曰：「胡笳也[23]。」曰：「何為胡笳？吾不曉也。」煒曰：「漢蔡文姬，即中郎邕之女也。沒於胡中，及歸，感胡中故事，因撫琴而成斯弄，像胡中吹笳哀咽之韻。」女皆怡然曰：「大是新曲。」遂命酌醴傳觴。煒乃叩首，求歸之意頗切。

女曰：「崔子既來，皆是宿分，何必匆遽！幸且淹駐，羊城使者，少頃當來，可以隨往。」謂崔子曰：「皇帝已許田夫人奉箕箒[24]，便可相見。」崔子莫測端倪，不敢應答。

女遂命侍女召田夫人。夫人不肯至。曰：「未奉皇帝詔，不敢見崔家郎也。」再命不至。謂煒曰：「田夫人淑德美麗，世無儔匹。願君子善奉之，亦宿業耳[25]。夫人即齊王女也。」

崔子曰：「齊王何人也？」女曰：「王諱橫。昔漢初亡齊，而居海島者。」逡巡[26]，有日影入照坐中。煒因舉首，上見一穴，隱隱然觀人間天漢耳。四女曰：「羊城使者至矣。」遂有一白羊，自空冉冉而下，須臾至座。背有一丈夫，衣冠儼然，執大筆，兼封一青竹簡，上有篆字[27]，進於香几上。四女命侍女讀之曰：「廣州刺史涂紳死。安南都護趙昌充替。」

女酌醴[28]飲使者曰：「崔子欲歸番禺，願為挈往。」使者唱「喏」。女迴謂煒曰：「他日須與使者，易服緝宇[29]，以相酬勞。」煒但唯唯。

四女曰：「皇帝有勅令，與郎君國寶陽燧珠。將往至波，當有胡人具十萬緡而易之。」遂命侍女開玉函，取珠授煒。

煒再拜捧受，謂四女曰：「煒不曾朝謁皇帝，又非親族，何遽貺遺如是[30]。」女曰：「郎君先人，有詩於越臺，感悟涂紳，遂見修緝，皇帝媿之，亦有詩繼和。賚[31]珠之意，已露詩中，不假僕說。郎君豈不曉耶？」

煒曰：「不識皇帝何詩？」女命侍女書題於羊城使者筆管上云：「千歲荒臺隳[32]路隅，一煩太守重椒塗，感君拂拭意何極。報爾美婦與明珠。」煒曰：「皇帝原何姓字？」女曰：「已後當自知耳。」

女謂煒曰：「中元日，須具美酒豐饌於廣州蒲澗寺靜室，吾輩當送田夫人往。」煒遂再拜告去，欲躡使者之羊背。女曰：「知有鮑姑艾，可留少許。」煒但留艾，即不知鮑姑是何人也，遂留之。瞬息而出穴，履於平地。遂失使者與羊所在。望星漢，時已五更矣。俄聞蒲澗寺鐘聲，遂抵寺。僧人以早糜[33]見餉，遂歸廣州。

崔子先有舍稅居，至日，往舍詢之，曰：「已三年矣。」主人謂崔煒曰：「子何所適，而三秋不返？」煒不實告。開其戶，塵榻儼然，頗懷悽愴。問刺史，則徐紳果死，而趙昌替矣。

乃抵波斯邸，潛鬻是珠[34]。有老胡人一見，遂匍匐禮手曰：「郎君的入南越王趙佗墓中來？不然者，不合得斯寶。蓋趙佗以珠為殉故也。」崔子乃具實告，方知皇帝是趙佗。佗亦曾稱南越武帝故耳。遂具十萬緡易之。崔子詰胡人曰：「何以辨之？」曰：「我大食國寶陽燧珠也。昔漢初趙佗，使異人梯山航海，盜歸番禺，今僅千載矣。我國有能玄象者，言來歲國寶當歸，故我王召我，具大舶重資，抵番禺而搜索，今日果有所獲矣。」遂出玉液而洗之，光鑒一室。胡人遂泛舶歸大食去。

煒得金，遂具家產，然訪羊城使者，竟無影響。後有事於城隍廟，忽見神像有類使者；又睹神筆上有細字，乃侍女所題也。方具酒脯而奠之，兼重粉繢，及廣其宇。是知羊城即廣州城，廟有五羊焉。又徵任翁之室，則村老云：「南越尉任囂之墓耳。」又登越王殿臺，睹先人詩云：「越井岡頭松柏老，越王臺上生秋草。古墓多年無子孫，牛羊踏踐成官道。」兼越王繼和詩，蹤跡頗異。乃詢主者，主者曰：「徐大夫紳因登此臺，感崔侍御詩，故重粉飾臺殿，所以煥赫耳。」

後將及中元日，遂豐潔香饌甘醴，留蒲澗寺僧室。夜將半，果四女伴田夫人至。容儀豔逸，言旨雅淡，四女與崔生，進觴諧謔，將曉告去。崔子遂再拜訖，致書達於越王。卑辭厚禮，敬荷而已。遂與夫人歸室。

煒詰夫人曰：「既是齊王女，何以配南越人？」夫人曰：「某國破家亡，遭越王所虜為嬪御，王崩，因以為殉，乃不知今是幾時也。看烹酈生，如昨日耳[35]。每憶故事，輒一潸然。」

煒問曰：「四女何人？」曰：「其二、甌越王搖所獻；其二、閩越王無諸所進，俱為殉者。」

又問曰：「昔四女云鮑姑、何人也？」曰：「鮑靚女，葛洪妻也。多行灸於南海。」煒方歎駭昔日之嫗耳。

又曰：「呼虵為玉京子，何也？」曰：「昔安期生長跨斯龍而朝玉京，故號之玉京子。」

　　煒因在穴，飲龍餘沫，肌膚少嫩，筋力輕健，後居南海十餘載，遂散金破產，棲心道門。乃挈室往羅浮訪鮑姑，後竟不知所適。

校志

一、本文據《廣記》卷三十四、世界四部刊要本《傳奇》及商務《舊小說》卷五《傳奇》諸書校錄，予以分段，並加註標點符號。《類說》卷三十二列有此文。《紺珠集》卷十一亦載此文，卻題名〈鮑姑艾〉。但都註「採自裴鉶之《傳奇》。」

二、紀有功《唐詩紀事》卷四十七〈崔子向〉條有云：「子向，貞元以前為監察御史，終南海從事。裴鉶《傳奇》云：子向之子煒，貞元中人，居南海。」但紀有功列崔子向二詩，未見本篇中之詩。《全唐詩》五函七冊，列崔詩三首。其三即本篇中所引。

註釋

❶貞元——唐德宗年號共二十年，自西元七八五至八〇四年。

❷監察向——《唐詩紀事》作「監察御史」。「向」作「崔子向」。

❸豁然——疏達，不受拘束。

❹財業殫盡——殫：窮極、盡。意謂家財都用盡了。

❺因蹶而覆人之酒甕——因步伐不穩而將人的酒甕給撞倒了。

❻緡——緡：絲也，用以貫錢，一貫千錢，叫一緡。

❼吾善灸贅疣——贅疣：皮膚上的小肉塊，小瘤。

❽艾——艾草：通常燃以治病的一種植物，作成像捲的雪茄煙形，以火點燃，用它的煙燻患處，頗有效。

❾倏亦不見——忽然也不見了。

❿鏹——鏹：金錢。銀子叫「白鏹」。

⓫請為書導之——這句話下有闕文。似應有「煒往見任翁。任翁正困於贅疣。問崔能否治

療。」等情形。而後崔煒說「然」。

⑫一爇而愈——爇：焚燒。只炙一次便把病給治好了。

⑬門下客既不來，無血屬可以為饗——這句話有誤。似為：「門下客既非親屬，可以為饗。」意謂：崔某非親非故，可殺以饗神。

⑭斷窗櫺躍出，拔鍵而走——窗櫺：窗檻：音靈。鍵：門栓。

⑮秉炬——秉：拿著。炬：火把。

⑯追者失蹤而返——失蹤者為崔煒，而非追者。此句應為「追者失煒蹤而返。」

⑰白虵——虵：「蛇」俗字。

⑱金獸齧環——齧：咬。銅環咬在獸的口中。門環。

⑲穴之四壁，皆鐫為房室——約旦的Petra，是世界有名的古蹟。看上去是兩三層樓的房屋，實際上是鐫刻石壁而成的。這裡所說「鐫為房屋」，也就是從石山中硬挖成的。

⑳帳前四句——金屬香爐，爐具龍鳳等獸、禽之形，中焚香料，香烟散出，香氣濃鬱。

㉑小池砌以金壁，貯以水銀。鳧鷖之類，皆琢以瓊瑤而泛之——這幾句費解，大抵形容小池的裝飾華麗。

㉒鼗鼓柷敔——鼗：音桃，博浪鼓，一種有耳、下有炳的玩具，搖動發聲。柷敔：樂器。柷：

音祝。敔：音語。

23胡笳——胡笳是一種樂器。此處是指蔡文姬編的〈胡笳十八拍〉曲子。

24奉箕箒——為掃地抹灰。即作配偶。

25宿業——前緣。

26逡巡——本是退卻之意，不敢進。此處作為「須臾之間」解。

27篆字——字體的一種。

28醴——美酒。

29易服緝宇——添置新衣，並修繕屋宇。

30何遽貺遺如是——貺：音況，賜也。為什麼如此厚賜？

31賚——音賴，賞賜。

32隳——音輝，毀壞。

33早糜——早粥，早點。

34抵波斯邸，潛鬻——到達波斯人的居處，暗將珠賣出。鬻：音育，賣。

35看烹酈生，如昨日耳——楚漢相爭之時，酈食其乃漢王說客。他說服齊王與漢和好，韓信卻率軍攻齊。齊王以酈食背信，烹之。

三、陶尹二君

唐大中初，有陶太白尹子虛二老人❶，相契為友❷，多遊嵩華二峰❸，採松脂茯苓❹為業。二人因携釀醞❺，陟芙蓉峰尋異境。憩❻於大松林下，因傾壺飲。聞松梢有二人撫掌笑聲，二公起而問曰：「莫非神仙乎？豈不能下降，而飲斯一爵？❼」笑者曰：「吾二人非山精木魅，僕是秦之役夫，彼即秦宮女子，聞君酒馨，頗思一醉；但形體改易，毛髮怪異，恐子悸慄，未能便降。子但安心徐待，吾當返穴易衣而至，幸無遽捨我去。」二公曰：「敬聞命矣。」遂久伺之。

忽松下見一丈夫，古服儼雅❽，一女子鬟髻彩衣俱至。二公拜謁，忻然❾還坐。頃之，陶君❿啓：「神仙何代人？何以至此？既獲拜侍，願祛未悟⓫。」

古丈夫曰：「余秦之役夫也，家本秦人。及稍成童，值始皇帝好神仙術，求不死藥，因為徐福⓬所惑，搜童男童女千人，將之海島。余為童子，乃在其選。但見鯨濤蹙雪，蜃閣排空，石橋之柱欹危，蓬岫之烟杳渺⓭，恐葬魚腹，猶貪雀生，於難厄之中，遂出奇計，因脫斯禍。歸而易姓業儒，不數年中，又遭始皇煨燼典墳，坑殺儒士，縉紳泣血，簪紱悲號⑭。余當此時，復是其數。時於危懼之中，又出奇計，乃脫斯苦。又改姓氏為板築夫⑮，又遭秦皇歘信妖妄⑯，遂築長城，西起臨洮，東之海曲。隴雁悲書，塞雲咽空。鄉關之思魂飄，砂磧之勞力竭。墮趾傷骨，陷雪觸冰⑰。余為役夫，復在其數。遂於辛勤之中，又出奇計，得脫斯難。又改姓氏而業工，乃屬秦皇帝崩，穿鑿驪山，大修塋城，玉墀金砌，珠樹瓊枝，綺殿錦宮，雲樓霞閣，工人匠石，盡閉幽隧⑱。念為工匠，復在數中，又出奇謀，得脫斯苦。凡四設權奇之計，俱脫大禍，知不遇世，遂逃此山，食松脂木實，乃得延齡耳。此毛女者，乃秦之宮人，同為殉者，余乃同與脫驪山之禍，共匿於此，不知於今經幾甲子耶？」

二子曰：「秦於今世，繼正統者九代，千餘年興亡之事，不可歷數。」二公遂俱稽顙曰：「余二小子，幸遇大仙，多劫因依，使今諧遇⑲。金丹大藥，可得聞乎？朽骨腐肌，實翼麻蔭⑳。」

古丈夫曰：「余本凡人，但能絕其世慮，因食木實，乃得凌虛。歲久日深，毛髮紺綠，不覺生之與死，俗之與仙。鳥獸為隣，猱狖同樂，飛騰自在，雲氣相隨。亡形得形，無性無情，不知金丹大藥，為何物也。」

二公曰：「大仙食木實之法，可得聞乎？」

曰：「余初餌柏子，後食松脂，遍體瘡瘇，腸中痛楚，不及旬朔，肌膚瑩滑，毛髮澤潤。未經數年，凌虛若有梯，步險如履地，飄飄然順風而翔，皓皓然隨雲而昇。漸混合虛無，潛孚造化，彼之與我，視無二物。凝神而爽，養氣而清，保守胎根，含藏命帶，天地尚能覆載，雲氣尚能鬱蒸，日月尚能晦明，川岳尚能融結，即余之體，莫能敗壞矣21。」

二公拜曰：「敬聞命矣。」飲將盡，古丈夫折松枝，叩玉壺而吟曰：「餌柏身輕疊嶂間，是非無意到塵寰。冠裳暫備論浮世，一餉雲遊碧落間。」毛女繼和曰：「誰知古是與今非，閒躡青霞遠翠微，簫管秦樓應寂寂，綵雲空惹薜蘿衣。」古丈夫曰：「吾與子邂逅相遇，那無戀戀耶！吾有萬歲松脂千秋柏子少許，汝各分餌之，亦應出世。」二公捧授拜荷，以酒吞之。二仙曰：「吾當去矣，善自道養，無令漏泄伐性，使神氣暴露於窟舍耳22。」

二公拜別，但覺超然莫知其蹤去矣。旋見所衣之衣，因風化為花片蝶翅，而揚空中。

陶尹二公，今巢居蓮花峰上23。顏臉微紅，毛髮盡綠，言語而芳馨滿口，履步而塵埃去身。雲臺觀道士，往往遇之，亦時細話得道之來由爾。

校志

一、本文據《廣記》卷四十、世界四部刊要本《傳奇》與《類說》卷三十二、《紺珠集》卷十一等書校錄，予以分段，並加註標點符號。

二、古丈夫與與毛女二詩，見《全唐詩》十二函七冊。

三、《類說》標題同。《紺珠集》則題名〈千秋栢子〉，且僅記太白遇毛女。

四、毛女詩：「閒躡青霞遠翠微。」《全唐詩》「遠」作「與」。並註云：「一作『遶』」。《類說》作「遶」，以「遶」字為是。

註釋

❶唐大中初，有陶太白尹子虛二人——大中乃宣宗年號。「唐」字是後人加上去的。兩人名「太白」、「子虛」，作者暗示其故事之「子虛」「烏有」，一如《玄怪錄》中〈元無有〉中主角的名元無有。

❷相契為友——契：契合。情意相投的好朋友。
❸嵩、華二峰——嵩山為五嶽中的中嶽，在今陝西華陰。華山號東嶽，在河南的登封。芙蓉峰卻是衡山的主峰，地在湖南。文後謂陶尹二公巢居蓮花峰上。蓮花峰卻是華山三峰之一。虛構小說，不可當真。
❹松脂茯苓——松脂：即松香。茯苓：屬芝栭科之地中菌，寄生於山林之松根，成塊球狀，外皮黑而皺縮，內部白色或淡赤色，太華、嵩山皆有，供藥用。
❺釀醞——酒。佳釀：好酒。
❻憩——歇息。
❼飲斯一爵——飲此一杯。爵：酒杯一類之容器。
❽古服儼雅——儼雅——端重而溫文。穿著古時候的衣服。
❾忻然——忻：音欣，喜也。
❿啟——陳說。
⓫願祛未悟——祛：去除。請把我們尚未領悟的地方攘除掉。
⓬徐福——秦始皇時方士，為秦始皇徵得童男童女各三千人，乘樓船入海求不死之藥。
⓭鯨濤蹙雪四句——白浪淘天，好似鯨魚踢雪，海市蜃樓，顯現空中。石橋的支柱被浪打得岌

岌可危，蓬萊仙島的雲煙渺茫。總之，極言波濤之險惡。

⓮煨燼典墳四句——把三墳五典等書燒成灰燼，把許多讀書人活埋坑內。仕宦（縉紳）痛哭到眼淚出血，官僚（簪紱）莫不痛哭悲號！極言斯文之苦。

⓯板築夫——泥水匠。

⓰欻信妖妄——始皇聽信妖妄之言，要建築長城。

⓱隴雁悲晝六句——隴上的雁群白天哀鳴，塞上的烏雲在空中咽泣。思念家鄉的魂夢牽繫，在沙堆中工作太過辛勞而力竭。或弄傷了腳趾，或弄折了筋骨，悽悽慘慘的在冰雪中勞苦工作。極言築長城之苦。

⓲穿鑿驪山八句——（始皇死了，要建陵寢。）鑿山挖土，修建墓（塋）地。白玉般的石頭作的臺階，金色的階墀。墓道中用珠玉裝飾，建造出樓閣，石匠泥水匠，都在幽暗的隧道中工作。極言陵寢的華貴。

⓳多劫因依，使今諧遇——經過這麼些劫難，使如今得親仙駕。

⓴金丹大藥四句——能否教以煉金丹大藥之道，讓我們會朽腐的骨肉，能得到庇蔭。

㉑第八段全段語譯：我初食柏子，而後吃松香。吃得腸中疼痛，遍身瘡腫。不過十幾日，皮膚開始晶瑩嫩滑，毛髮油潤。不到幾年，能步虛而行，似乎有臺階在下。履險如夷，視高山若

平地。飄飄然乘風翱翔，浩浩然隨雲氣上下。沒有虛實，參透了造化。我之與物，溶成一體。凝神則氣爽心澄。養氣則魂清意快。保守童真，珍重命脈。天地有覆載之功，日月有晦明之象。雲氣會蒸發消散，山岳會融結賦形，而我的身體，卻金身不會敗壞了。（皓皓：虛曠。孚：孚合，相合。融：化，解體。結：成形。）

㉒善自道養三句——好好的修養，莫使上天所賦與的性有所虧損，使神氣暴露！

㉓蓮花峰——華山有三峰，蓮花峰居中。

四、許棲巖

許棲巖，岐陽❶人也。舉進士，習業於昊天觀。每晨夕，必瞻仰眞像，朝祝靈仙❷，以希長生之福。時南康韋皋太尉鎮蜀❸，延接賓客，遠近慕義，遊蜀者甚多。巖將為入蜀之計，欲市一馬，而力不甚豐❹，自入西市訪之。有蕃人牽一馬，瘦削而價不高，因市之而歸。以其將遠涉道途，日加芻秣❺，而肌膚益削❻。疑其不達前所。試詣卜肆筮之❼，得乾卦九五。道流曰：「此龍馬也，宜善寶之。」

洎登蜀道危棧，棲巖與馬俱墜岸下❽。積葉承之，幸無所損。仰不見頂，四面路絕，計無所出。乃解鞍去銜，任馬所往。於槁葉中，得栗如拳❾，棲巖食之，亦不饑矣。尋其崖下，見一洞穴，行而乘之，或下或高。約十餘里。忽爾及平地。花木秀異，池沼澄澈，有一道士臥於石上，二女侍之。巖進而求見，問二玉女，云是「太乙眞君」。巖即以行止告玉女。玉女憫之，白於眞君。

（眞君）曰：「爾於人世，亦好道乎？」曰：「讀莊老黃庭而已。」曰：「三書之中，淂何句也？」答曰：「老子云：其精甚眞。莊子云：息之以踵。黃庭云：但思以卻壽無窮。」笑曰：「去道近矣，可教也。」命坐，酌小杯以飲之。曰：「此石髓也。嵇康不能淂，今爾淂之矣。」乃邀入別室。有道士，云是「潁陽尊師」，為眞君布算，言今夕當東遊十萬里。巖熟視之，乃卜馬道士也。

是夕，巖與潁陽從太乙君。登東海西龍山石橋之上，以赴群眞之會。座內仙客有東黃君，見棲巖，喜曰：「許史孫也，有仙相矣。」及明，復從太乙君歸太白洞。居半月，思家求還。太乙曰：「汝飲石髓，已壽千歲，無輸泄，無荒淫，復此來再相見也。」以所乘馬送之。

將行，謂曰：「此馬吾洞中龍也，以作怒傷稼，謫其負荷。子有仙骨，故淂值之。不然，此太白洞天瑤華上宮，何由而至也！到人間，放之渭曲，任其所適，勿復留之。」

既別，逡巡已達虢縣，則無復故居矣。問鄉人年代，已六十年。出洞時，二玉女託買虢州田婆針，乃市之，繫馬鞍上，解鞍放之，化龍而去。棲巖幼在鄉里已見田婆，至此，惟田婆容狀如舊，蓋亦仙人也。棲巖，大中末，復入太白山去⑩。

校志

一、《全唐詩》十二函七冊，題目〈曲龍山仙玩月詩〉今文《廣記》中全無，王夢鷗先生翻閱《道藏洞真部記傳類》、《歷代仙真體道通鑑》卷三十二，看到有〈許栖巖〉一篇，則四詩具在。王教授乃認為：「《廣記》與《類說》所輯存者，皆非《傳奇》之舊文。」（《唐人小說研究》第一冊一八六頁。

二、本文據《廣記》卷四十七校錄，予以分段，並加註標點符號。

三、文末「杖繫馬鞍上，解鞍放之。」鞍遺棄了，田婆針如何到得了玉女手上？道藏本「遂取鍼繫於馬鬣，放之謂濱，果化為龍而入水去。」較《廣記》文字合理得多。

四、道藏本「許栖巖」文抄附於次：

道藏本許栖巖篇

許栖巖秀才，家於岐山下。唐德宗（此三字疑後人所加）貞元中，舉進士不第，於長安昊天觀習業。月餘，併喪其三馬。不可塗行，而更選良駿。有蕃人牽馬來，稱是逸足。

棲巖欲市，尚且疑之。是觀有道士能易，棲巖請筮之，遇乾（似脫「之九五」三字）曰：飛龍在天，利見大人。曰：「此馬，龍種也；當因此馬、利見大人，則事無不諧矣。」人皆哂其妄；獨棲巖信而市之。雖加意秣飼，而膚革不充。後值韋令公鎮西蜀，棲巖舊出其門下，自詣坤維而謁。道經劍閣，馬驚失足，俱墜於巖壑之間，幾萬丈。底為槁葉所積，俱不能損。仰觀峭絕，無計攀援。良久，祝曰：「我非劉備，爾非的盧，無計躍出；吁！道士之占，何其謬耶！」遂與馬解其銜勒，去其韉席，縱其所欲。似經一晝，棲巖捫石竅，漸能踰足。因躡巨栗如拳，取而食之，其濟飢渴。如此，又約數十里，竅漸明朗。忽若出洞口，見平地數里，春景爛然，殖碧桃萬有餘株。花間有青石池，池旁有石屋。屋中有道士，白髮丹臉，偃臥於石榻之上，傍見二玉女，棲巖因之叩首再拜。玉女大駭曰：「爾何人？遽至太一元君之室！」棲巖具陳本末。二女遂曰白元君。元君召棲巖。棲巖拜手稽顙，元君曰：「爾在人間何好？」曰：「好道。多讀莊老黃庭經。」元君曰：「爾於三道書各得何句？請一一說之。」棲巖曰：「莊子云：真人息之以踵。老子云：其精甚真。黃庭經云：但思一部壽無窮。」元君曰：「子近道矣。」乃命坐。玉女酌石髓而飲之，曰：「稽康不能得，今爾得之，乃數也。」棲巖乃跪謝而飲之。玉女前曰：「穎道士至矣。」元君命設榻而坐，有道士長眉巨唇，恢形古貌，執筭而跪禮之。元君勞之曰：「君何遠來！」曰：「（似有脫文）故來相謁。」元君曰：「且與吾筭二事；且劈大華，何人也？立海橋，何鬼也？吾不能達。」道士遂布筭蔌蔌，批閱三才，討論六合；上窮蒼昊，下抵幽泉。良久，（此處似脫「曰」字）「劈大華者，雖云巨靈，實夸父之神也；立海橋者，雖云醜怪，乃五丁之鬼也。」元君點首曰：「然。」又曰：「筭吾今夕何為？」（似脫「道士」二字）又布筭曰：「元君今夕合東遊三萬里。」元君曰：「和太遠乎？」棲巖因熟視道士，乃昔卜馬者。大驚其事。道士曰：「昔日乾卦，合今日矣。」棲巖叩首而謝之。逡巡，有仙童馭鹿龍而至，曰：「東皇君使迎元君，今宵於曲龍山玩月。」元君撫掌而咍曰：「道士卜中矣。」道士敬謝而告去。元君曰：「為我語邢和璞。」道士曰：「諾。」元君與棲巖曰：「可同遊曲龍山。」便令浴於池，而同跨鹿龍去。頃刻而抵曲龍山。但見：危橋千步，聳柱萬尋，若長虹之亘青天，如曳蝀之橫碧落，勢連河漢，影入滄溟。玉瑩無塵，雲凝不散。元君命棲巖拜東皇。東皇曰：「爾許長史之孫也。」棲巖曰：「某少孤，不知先祖何官也。」東皇曰：「吾昨宵與汝祖同飲，亦知汝當來。」東皇遂命仙童酌醴而進，與元君三人共飲。元君問東皇曰：「近來海水如何？」東皇曰：「比前時之會，淺已減半。吁！知桑田亦應不久爾。」東皇命玉女歌青丈人詞，送元君酒。歌曰：「月砌瑤階泉滴乳，玉簫催鳳和煙舞。青城丈人何處遊，玄鶴唳天雲一縷。」仙童擊玉，繼而和之。宴極，東皇索玉簡而題詩曰：「造化天橋碧海東。玉輪還過輾晴虹。霓襟似拂瀛洲頂，顥氣潛消橐籥中。」元君繼曰：「危橋橫石架雲端，跨鹿登臨景象寬。顥魄洗煙澄碧落，桂花低拂玉簪寒。」亦請棲巖繼之，曰：「曲龍橋頂玩瀛洲，凡骨空陪汗漫遊。不假丹梯躡霄漢，水晶盤冷桂花秋。」於是紅鸞舌歌，彩鳳羽舞，笙簫響徹於天外，絲桐韻落於人間。仙侶盡歡，各使命駕索輿，令棲巖俱乘陸龍而返。下視大城郭，棲巖曰：「此何處？」元君曰：「此新羅國也。」又至海畔小城邑，又問此何處，曰：「此唐國登州也。」俄頃到舊洞府，棲巖再拜辭歸。元君曰：「爾能飲石髓，已得人間千歲。無漏泄，無荒淫，能如此，猶更得一見吾也。」命玉女牽棲巖馬來曰：「雖是君馬，本即吾洞之龍子，因無由作怒傷稼，謫於人間負荷。亦偶去與君緣合爾。」馬至，昔日解鞍處，毛色如故，翅逸爽瘦，如八駿之狀。元君曰：「汝到人間無用此馬，但於渭溪解之，當化為龍。不異昔日費長房投青竹杖於葛陂也。」棲巖驚躍，稽首拜辭。玉女請棲巖曰：「龍子迴日，虢縣田婆鍼與寄少許來。」遂跨馬如飛，食頃已達虢縣之舊莊。田園蕪沒，井亦凋殘。詢之時代已六十年矣。時宣宗大中五年也。棲巖體已清虛，性秉淡泊，既無所欲，焉有用乎？遂不問舊產，惟謀田婆鍼。一日訪尋田婆，田婆曰：「太一家，紫宵姊妹常寄信買鍼來。」詰之其他，即結舌噤齒而不對。遂取鍼，繫於馬鬣，放之渭濱，果化為龍，而入水去。栖巖後隱匡廬間，多有人見之者。

註釋

❶岐陽——岐陽縣，唐置。今陝西扶風縣西北。

❷朝祝靈仙——朝拜並向仙靈祈禱。

❸南康韋皋太尉鎮蜀——韋皋，兩唐書均有傳。他貞元初任劍南西川節度使。京兆萬年人。順宗立，詔檢校太尉。治蜀長達二十一年之久。南康屬江西省，似誤。京兆在陝西長安附近。

❹而力不甚豐——財力不足。

❺芻秣——飼馬的草料。

❻肌膚益削——馬反而更為瘦削。

❼筮——用著草卜吉凶叫筮。

❽洎登蜀道危棧，棲巖與馬俱墜岸下——洎：音忌，等到。到了登上去四川的危險棧道上時，人馬都跌下去了。

❾於槁葉中，得栗如拳——在枯槁的樹葉中，找到一粒拳頭大小的栗子。

❿棲巖，大中末，復入太白山——自貞元至宣宗大中年間，已歷六十餘年。

五、裴航

唐長慶❶中，有裴航秀才，因下第，遊於鄂渚，謁故舊友人崔相國。值相國贈錢二十萬，遠挈歸於京，因傭巨舟，載於湘漢❷。

同載有樊夫人，乃國色也。言詞間接，帷幃昵洽❸。航雖親切，無計道達而會面焉。因賂侍妾裊烟，而求達詩一章曰：「同為胡越❹猶懷想，況遇天仙隔錦屏。儻若玉京朝會❺去，願隨鸞鶴入青雲。」詩往，久而無答。

航數詰裊烟，烟曰：「娘子見詩若不聞，如何！」航無計，因在道求名醞珍果而獻之。夫人乃使裊烟，召航相識。及褰帷，而玉瑩光寒，花明景麗，雲低鬟鬢，月淡修眉，舉止烟霞外人，肯與塵俗為偶？航再拜揖，愕眙良久❻。

夫人曰：「妾有夫在漢南，將欲棄官，而幽棲巖谷，召某一訣耳。深哀草擾，慮不及期，豈更有情留盼他人；的不然耶？但喜與郎君。同舟共濟，無以諧謔為意耳。然亦與郎君有小小因緣，他日必得為姻懿。」

航曰：「不敢！」飲訖而歸。操比冰霜，不可干冒7。夫人後使裊烟持詩一章曰：「一飲瓊漿百感生，玄霜搗盡見雲英。藍橋便是神仙窟，何必崎嶇上玉清。」

航覽之，空愧佩而已。然亦不能洞達詩之旨趣8。後更不復見，但使裊烟達寒暄而已。遂抵襄漢，與使婢挈粧奩，不告辭而去，人亦不能知其所造9。航遍求訪之，滅跡匿影，竟無蹤兆。遂飾粧歸輦下10。經藍橋驛側近，因渴甚，遂下道求漿而飲。見茅屋三四間，低而復隘，有老嫗緝麻苧，航揖之求漿。嫗咄曰：「雲英擎一甌漿來，郎君要飲。」航訝之，憶樊夫人詩有「雲英」之句，深不自會。

俄於葦箔11之下，出雙玉手捧瓷12，航接飲之，真玉液也。但覺異香氤鬱，透於戶外13。因還甌，遽揭箔，睹一女子，露裛瓊英，春融雪彩，臉欺膩玉，鬢若濃雲；嬌而掩面蔽身，雖紅蘭之隱幽谷，不足比其芳麗也14。

航驚怛，植足而不能去15。因白嫗。曰：「某僕馬甚饑，願憩於此，當厚答謝，幸無見阻。」嫗曰：「任郎君自便。」且遂飯僕秣馬16。

良久，謂嫗曰：「向睹小娘子，豔麗驚人，姿容擢世17，所以躊躇而不能適。願納厚禮而娶之，可乎？」

嫗曰：「渠已許嫁一人，但時未就耳。我今老病，只有此女孫，昨有神仙，遺靈丹一刀圭⑱。但須玉杵臼，擣之百日。方可就吞，當得後天而老。君約娶此女者，得玉杵臼，吾當與之也。其餘金帛，無用處耳。」

航拜謝曰：「願以百日為期，必攜杵臼而致，更無許他人。」嫗曰：「然。」航悵悵而去。

及至京國，殊不以舉試為意，但於坊曲鬧市喧譁，而高聲訪其玉杵臼，曾無影響。或遇朋友，若不相識，眾言為狂人。數月餘日，遇一貨玉老翁曰：「近得虢州藥鋪卞老書云有玉杵臼貨之。郎君懇求如此，此君，吾當為書導達。」航謝，珍重持書而去。果獲杵臼。

卞老曰：「非二百緡⑲不可得。」

航乃瀉囊，兼貨僕貨馬⑳，方及其數。遂步驟獨挈㉑，而抵藍橋。

昔日嫗大笑曰：「有如是信士乎！吾豈愛惜女子而不酬其勞哉。」

女亦微笑曰：「雖然，更為吾擣藥百日，方議姻好。」

嫗於襟帶間解藥，航即擣之。晝為而夜息。夜、則嫗收藥臼於內室。航又聞擣藥聲，因窺之，有玉兔持杵臼，而雪光輝室，可鑒毫芒。於是，航之意愈堅，如此日足㉒。

嫗持而吞之曰：「吾當入洞，而告姻戚，為裴郎具帳幃。」遂挈女入山，謂航曰：「但少留此。」

逡巡，車馬僕隸，迎航而往，別見一大第連雲，珠扉晃日，內有帳幄屏幃，珠翠珍玩，莫不臻至，愈如貴戚家焉。仙童侍女，引航入帳，就禮訖，航拜嫗，悲泣感荷。嫗曰：「裴郎自是清冷裴真人[23]子孫，業當出世，不足深愧老嫗也。」及引見諸賓，多神仙中人也。

後有仙女，鬟髻霓衣，云是妻之姊耳。航拜訖，女曰：「裴郎不相識耶？」航曰：「昔非姻好，不醒拜侍。」女曰：「不憶鄂渚同舟，回而抵襄漢乎？」航深驚怛，懇悃陳謝。

後問左右，曰：「是小娘子之姊，雲翹夫人；劉綱仙君之妻也。已是高真，為玉皇之女吏。」

嫗遂遣航，將妻入玉峰洞中，瓊樓珠室而居之，餌以絳雪瓊英之丹，體性清虛，毛髮紺綠，神化自在，超為上仙。至太和中，友人盧顥，遇之於藍橋驛之西，因說得道之事。遂贈藍田美玉十斤，紫府雲丹一粒。敘話永日，使達書於親愛。

盧顥稽顙曰：「兄既得道，如何乞一言而教授。」航曰：「老子曰：虛其心，實其腹。今之心愈實，何由得道之理？」盧子懵然，而語之曰：「心多妄想，腹漏精溢，即虛實可知矣。凡人自有不死之術，還丹之方，但子未便可教，異日言之。」盧子知不可請，但終宴而去。後，世人莫有遇者。

校志

一、本文據《太平廣記》卷五十〈裴航〉、商務《舊小說》卷五《傳奇・裴航》、世界本宋羅燁《醉翁談錄》辛集卷之一〈裴航遇雲英於藍橋〉諸文校錄。予以分段，並加註標點符號。《類說》卷三十二、《紺珠集》卷十一都載有此文。足見其流傳之廣。其事且常為文人引用。如蘇東坡詞：「藍橋何處覓雲英，唯有多情流水伴人行。」

二、唐長慶中——長慶、唐穆宗年號。僅四年。西元八二一至八二四年。「唐」字當係《廣記》編者後加。

三、同舟共濟，無以諧謔為意耳——《醉翁談錄》作「幸無以諧謔為意。然亦與郎君有小小因緣，他日必得為姻懿。」《類說》同。因補上。

四、航遇一貨玉老翁，翁給一信，其下《廣記》作「航愧荐珍重。」意似不足。《醉翁談錄》

作「航媿謝，珍重持書而去。」意較完整。因照添改。

五、計有功《唐詩紀事》卷四十八〈斐航〉條載此事，甚為簡略，只有兩首詩全錄。第一首「入青雲」作「入青冥。」第二首「神仙窟」作「神仙宅」。

註釋

❶唐長慶中——「唐」字似是《廣記》編者添上的。長慶是唐穆宗年號，共四年，自西元八二一至八二四年。

❷鄂渚——在湖北省武昌縣西長江中。

❸載於湘漢——湘水在湖南。《類說》、《醉翁談錄》，均作「襄、漢。」（按：漢水流至湖北省襄陽縣境，亦稱襄河。襄水。斐航既在湖北，則載於襄漢較為合理。且兩人第二次見面時，曾提及「不憶鄂渚同舟，回而抵襄漢乎？」故「湘漢」肯定是「襄漢」之誤。）

❸言詞問接，帷幃昵洽——《醉翁談錄》作「航雖聞其言語，而無計一面。」簡單明瞭。昵：親近。昵洽：和洽親近。

❹胡越——胡在北，越在南。喻疏遠。

❺儻若玉京朝會去——玉京：天帝所居。李白詩：「遙見仙人彩雲裡，手把芙蓉朝玉京。」

❻膠眙良久——眙：目不轉睛的看。愕視曰眙。「膠」：可能是「愕」之誤。

❼操比冰霜，不可干冒——態度冷峻如冰霜，使別人不敢冒犯。

❽航覽之三句——裴航看了，空有慚愧佩服之心，卻也不太明瞭詩中的意思。

❾不知其所造——造：至也，詣也。不知道他要到那裡去。

❿輦下——京師，京城。

⓫葦箔——蘆葦編的簾子。

⓬雙玉手捧瓷——《醉翁談錄》「瓷」下多一「甌」字，較為完整。

⓭異首氤鬱，透於戶外——《舊小說》卷五《傳奇》作「異香」。以「異香」為是。香氣瀰漫，透到門外。

⓮露裛瓊英七句——形容女子之美。

⓯植足不能去——驚怛到不知移步。

⓰秣馬——以糧草餵馬。

⓱姿容擢世——擢：音濁，獨出貌。擢世：超然塵世之上。

⓲刀圭——量藥之具。準如梧桐子大。

⓳二百緡——緡：用以穿銅錢的絲線。一緡穿一千錢。二百緡：即二十萬錢。

⓴瀉——此處有誤。斐航把行囊、僕人、馬匹全賣掉。

㉑遂步驟獨挈——於是獨個兒拿了玉臼，步行而至。

㉒如此日足——如此搗完了一百天。

㉓清冷斐真人——據王夢鷗先生《唐人小說研究》第一集一四一頁稱：「清冷斐真人」應該是「清靈真人斐玄仁。」

六、封陟

寶歷❶中，有封陟孝廉❷者，居於少室❸。貌態潔朗，性頗貞端，志在典墳，僻於林藪❹，探義而星歸腐草，閱經而月墜幽窗❺。兀兀孜孜，俾夜作晝❻，無非搜索隱奧，未嘗暫縱揭時日也❼。書堂之畔，景像可窺，泉石清寒，桂蘭雅淡。戲猱每竊其庭果，唳鶴頻棲於澗松。虛籟時吟，纖埃晝闃。烟鎖篔簹之翠節。露滋躑躅之紅葩。薜蔓衣垣，苔茸毯砌❽。

時夜將午❾，忽飄異香酷烈，漸布於庭際。俄有輜軿，自空而降。畫輪軋軋，直湊簷楹❿。見一仙姝，侍從華麗。玉珮敲磬，羅裙曳雲⓫。體軟皓雪之容光，臉奪芙蕖之豔冶⓬。正容斂衽⓭而揖陟曰：「某籍本上仙，謫居下界。或遊人間五岳，或止海面三峰⓮。月到瑤階，愁莫聽其鳳管，蟲吟粉壁，恨不寐於鴛衾⓯。燕浪語而徘徊，鸞虛歌而縹緲。寶瑟休泛，虯觥懶斟⓰。紅杏豔枝，激含嚬於綺殿；碧桃芳萼，引凝睇於瓊樓⓱。既厭曉粧，漸融春思。伏見郎君。神儀濬潔，襟量端明，學聚流螢，文含隱豹[18]。所以慕其真朴，愛以孤標。特謁光容，願持箕箒[19]。又不知郎君雅旨如何？」

陟攝衣朗燭，正色而坐[20]，言曰：「某家本貞廉，性唯孤介[21]。貪古人之糟粕，究前聖之指歸[22]，編柳苦辛，燃柏幽暗。布被糲食，燒蒿茹藜。但自固窮，終不斯濫[23]。必不敢當神仙降顧，斷意如此，幸早迴車。」

姝曰：「某乍造門牆，未申懇迫[24]，輒有詩一章奉留，後七日更來」。詩曰：「謫居蓬島別瑤池，春媚烟花有所思。為愛君心能潔白，願操箕箒奉屛幃。」

陟覽之，若不聞。雲軿既去，窗戶遺芳[25]。然陟心中，不可轉也。

後七日夜，姝又至，騎從如前。豔媚巧言，入白陟曰：「某以業緣遽縈，魔障欻起[26]，蓬山瀛島，繡帳錦宮，恨起紅茵，愁生翠被。難窺舞蝶於芳草，每妬流鶯於綺叢。靡不雙飛，俱能對跱。自矜孤寢，轉懵空閨。秋卻銀缸，但凝眸於片月；春尋瓊圃，空抒思於殘花。所以激切前時，布露丹懇，幸垂採納，無阻精誠[27]。又不知郎君意竟如何？」

陟又正色而言曰：「某身居山藪，志已顓蒙[28]，不識鉛華，豈知女色。幸垂速去[29]，無相見尤[30]。」

姝曰：「願不貯其深疑，幸望容其陋質。輒更有詩一章，後七日復來。」詩曰：

「弄玉有夫皆得道，劉剛31兼室盡登仙。君能仔細窺朝露，須逐雲車拜洞天。」陟覽又不迴意。

後七日夜，姝又至。態柔容冶，靚衣明眸。又言曰：「逝波難駐，西日易頹。花木不停，薤露非久32，輕漚泛水，只得逡巡33；微燭當風，莫過瞬息。虛爭意氣，能得幾時；恃頑韶顏，須臾槁木34。所以君誇容鬢，尚未凋零。固止綺羅，貪窮典籍35。及其衰老，何以任持？我有還丹，頗能駐命。許其依托，必寫襟懷。能遣君壽例三松，瞳方兩目36，仙山靈府，任意追遊。莫種槿花，使朝晨而騁豔；休敲石火，尚昏黑而流光。37」

陟乃怒目而言曰：「我居書齋，不欺暗室。下惠為證38，叔子的師。是何妖精，苦相凌逼！心如鐵石，無更多言。儻若遲迴，必當窘辱。」

侍衛諫曰：「小娘子迴車。此木偶人，不足與語。況窮薄當為下鬼，豈神仙配偶耶？」

姝長吁曰：「我所以懇懇者，為是青牛道士39之苗裔，況此時一失，又須曠居六百年，不是細事。於戲！此子大是忍人。」又留詩曰：「蕭郎不顧鳳樓人，雲澁迴車淚臉新。愁想蓬瀛歸去路，難窺舊苑碧桃春。」輜軿出戶，珠翠響空，泠泠簫笙，杳杳雲露。然陟意不易。

後三年，陟染疾而終。為太山所追，束以大鎖，使者驅之。欲至幽府。忽遇神仙騎從，清道甚嚴，使者躬身於路左，曰：「上元夫人遊太山耳。」

俄有仙騎，召使者與囚俱來，陟至彼仰窺，乃昔日求偶仙姝也。但左右彈指悲嗟。

仙姝遂索追狀曰：「不能於此人無情。」遂索大筆判曰：「封陟往雖執迷，操惟堅潔，實由朴戇，難責風情，宜更延一紀。」左右令陟跪謝。

使者遂解去鐵鏁曰：「仙官已釋，則幽府無敢追攝。」使者卻引歸，良久蘇息。後追悔昔日之事，慟哭自咎而已。

於戲[40]！

校志

一、本篇依《太平廣記》卷六十八、《類說》卷三十二、世界四部刊要本《傳奇》諸書校錄，予以分段，並加註標點符號。

二、本篇中有甚多費解之處，或係抄傳訛誤。當於註解中予以解說。

註釋

❶寶歷——唐敬宗年號，僅二年，西元八二五至八二六年。

❷孝廉——《漢書・武帝紀》：「元光元年冬十一月，初令郡國舉孝廉。」謂「善事父母，清潔有廉隅者。」俗以為舉人之別稱。

❸少室——少室山，嵩山之西峰。

❹貌態潔朗四句——相貌態度，清潔明朗。性懷貞潔，儀態端正。一心一意致力於三墳五典等書冊之研讀，避塵囂於林木深處。藪：人或物集聚之處。

❺探義兩句——探求經義，不覺繁星西沉，明月隱墮。常言「腐草化為螢。」此處是歸腐草，不過說星河西沉了。

❻兀兀孜孜，俾夜作晝——兀兀孜孜：勤苦努力的樣子。把夜當作白天。意謂「晝夜用功不息」。

❼無非搜索隱奧，未嘗暫縱揭時日也——本文多以四六字句對出。此處似應為「無非搜索隱奧，未嘗暫縱時日。」「揭」字似是誤植。全意為：搜求書中的深奧之理，一分一秒時間都不願放過。

⑧泉石清寒以下十句——泉清石冷，桂雅蘭淡。遊戲的猿猴常偷吃庭中果樹上的果實，嘹亮鳴叫的白鶴棲息在澗邊松枝之上。時聞天籟之聲音，晝無微塵之飛揚。清煙漂浮在竹林之中，清露滋潤了杜鵑花瓣。薜蘿的藤蔓像是衣裳覆蓋在短牆上。苔蘚像地毯鋪在台階上。

⑨時夜將午——時將午夜。

⑩輜軿——輜：音滋，車之有衣者。軿：音瓶。輜軿，華麗的車子。畫輪軋軋，直湊簷楹：有畫飾的車輪，軋軋而來，直達簷際。

⑪玉珮敲磬，羅裙曳雲——玉佩發出像敲磬的聲音，羅裙尾長長的，好似拖著一縷雲霞。

⑫體軟皓雪之容光，臉奪芙蕖之豔冶——腰肢細軟，膚色雪白，容光煥發。容顏比荷花還要美豔。豔冶：冶豔，都是說十分動人的美麗。

⑬歛袵——收斂衣服，以示恭敬。行禮。

⑭五嶽：東嶽泰山，西嶽華山，南嶽衡山，北嶽恆山。中嶽嵩山。海上三峰，指方丈、蓬萊、瀛州三仙山。

⑮月到瑤階四句——月亮照到玉階，只覺愁悶，不願聽鳳簫之聲。四壁蟲鳴，躺在綉被中卻睡不著！

⑯寶瑟休泛，虬觥懶斟——泛：彈。許渾詩：「遙夜泛清瑟。」李白：「泛瑟窺海月。」觥：

盛酒的杯子。虬觥，以虬角為之，或杯之繪有虬龍者。

⑰紅杏豔枝，激含嚬於綺殿；碧桃芳萼，引凝睇於瓊樓——看到枝頭紅杏，不覺含顰於廳堂中，碧桃香萼，讓人倚樓凝思！「激」似有誤。王夢鷗先生認是「邀」字之誤。頗有道理。

⑱神儀濬潔，襟量端明，學聚流螢，文含隱豹——神態和儀容都很清爽，胸襟度量都端正。庾信〈哀江南〉賦：「饑隨蟄燕，闇聚流螢。」駱賓王詩：「我留安豹隱，君去學鵬摶。」《列女傳》陶答子妻云：「南山有玄豹，霧雨七日而不下食者，何也欲以澤其毛而成文章也。故藏而遠害。」神女話後二句不過誇讚封陟有學問文章的意思。

⑲慕其真朴，愛以孤標。特謁光容，願持箕箒——欽慕他的真誠樸實，愛他的特出。因此特別來拜謁，願作君打掃之人。「愛以孤標」一句，「以」字不妥。王夢鷗先生認是「此」字之誤。我們認為也可能是「其」字。

⑳攝衣朗燭——攝、整頓。朗在此為動詞：使蠟燭明亮起來。

㉑家本貞廉，性唯孤介——家世清白，性格清正。孤介：清正不隨俗之謂。

㉒貪古人之糟粕，究前聖之指歸——《淮南子．道應》「是直聖人之糟粕耳。」謂精華已去，徒留廢料。此處是說：「貪讀聖人之書，研究聖人的宗旨。」

㉓編柳苦辛六句——布被：沒有裝飾的被子。糲：糙米。茹藜：吃藜的嫩葉新芽。王維詩：

「蒸藜炊黍餉東菑。」極言生活之困苦。最後以《論語》君子固窮，小人窮斯濫矣！」表示自己雖窮，卻能不以為意，絕不浮濫。

㉔乍造門牆，未申懇迫——突然登門造訪，未能盡申誠懇迫切的情形。

㉕雲軿既去，窗戶遺芳——自雲間下降的車子走了，門戶之間還留下了一些香味。

㉖業緣遽縈，魔障焂起——業緣：佛家語：善業為招善果之緣。惡業為招惡果之緣。魔障也是佛家語。障碍守道之物、事。意謂：被前緣纏身，魔障突然而來。

㉗「蓬山」至「精誠」——雖處蓬萊瀛州仙島之中，綉帳錦被不過令人惱恨紅色茵席，愁對翠色裘枕。窺見蝴蝶在芳草之間飛舞，流鶯在錦花叢中飛鳴，無不成雙成對。自己憐惜自己孤獨處於空閨之中。秋夜常熄燈望月感歎，春天尋芳花園中，對殘花而興春思。所以前曾向君透露丹心誠懇。希望您予以接受，不要辜負我的至精至誠。

㉘身居山藪，志已顓蒙——某身居群山之中，心志愚冥。顓蒙：無知無識也。

㉙垂——自上施於下也。垂詢。垂念。幸垂速去，「請惠快速離去。」

㉚無相見尤——尤：怨恨。不要恨我。

㉛劉剛——可能是「劉綱」之誤。〈裴航〉中，「雲翹夫人，劉綱仙居之妻也。」《廣記》中多有述及劉綱者。又稱其夫人為樊夫人。

㉜花木不停，薤露非久——花木生死不停，薤上的露水很容易便消散了。〈薤露〉古之輓歌。

㉝輕漚泛水，只得逡巡——漚：水泡。水上的水泡，須臾之間便消失了！

㉞恃頑韶顏，須臾槁木——固執自恃年少，須臾之間便成了枯木。

㉟君誇容鬢四句——您自以為容顏鬢髮，都值少艾，固執拒絕女性，耽意於窮研典籍。

㊱許其依托四句——若同意我依附您，一定會暢開胸懷，使您壽比三松，瞳方兩目。《列仙傳》載：「偓佺者，好食松實。形體生毛長數寸。兩月更方。能飛行。逐走馬。」

㊲莫種槿花四句——木槿花，朝開午萎。樹高約二公尺，經常被種作藩籬。唐詩：「槿籬芳援近樵家。」意思是說：「不要種槿花，早上開，中午便枯萎了。不要敲火石，一點星星之火，才明便滅了。要作長久之計。

㊳下惠為證——戰國時，魯國的展禽、名獲，字季。居柳下，諡惠。故稱「柳下惠」。他能在有美女坐於懷中而心不亂。

㊴青牛道士——封衡、字君達，常駕青牛採藥。漢武帝曾問他養性大略。他說：「體欲常勞，食欲常少。減思慮，捐喜怒。除驅逐，慎房室。則幾於道矣。」人稱青牛道士。

㊵於戲——嗚呼。

七、張雲容

薛昭者，唐元和末，為平陸尉❶。以氣義自負，常慕郭代公李北海❷之為人。因夜直宿，囚有為母復仇殺人者，與金而逸之。故縣聞於廉使❸，廉使奏之，坐謫為民於海康❹。敕下之日，不問家產，但荷銀鐺而去❺。

有客田山叟者，或云數百歲矣；素與昭洽，乃賫酒攔道而飲餞之❻。謂昭曰：「君義士也，脫人之禍而自當之，眞荊聶之儔❼也。吾請從子。」昭不許，固請，乃許之。

至三鄉夜，山叟脫衣貰酒❽，大醉，屏左右，謂昭曰：「可遁矣！」與之携手出東郊，贈藥一粒曰：「非唯去疾，兼能絕穀❾。」又約曰：「此去但遇道北有林藪繁翳處❿，可且暫匿⓫，不獨逃難，當獲美姝。」

昭辭行，過蘭昌宮，古木修竹，四合其所。昭踰垣而入，追者但東西奔走，莫能知蹤矣。昭潛於古殿之西間。

及夜，風清月皎，見階前有三美女，笑語而至。揖讓升於花茵⓬，以犀杯酌酒而進之。居首女子酹之曰⑬：「吉利！吉利！好人相逢，惡人相避。」其次曰：「良宵宴會。雖有好人，豈易逢耶？」

昭居窗隙間聞之，又誌田生之言，遂跳出曰：「適聞夫人云：好人豈易逢耶。昭雖不才，願備好人之數。」三女愕然良久，曰：「君是何人？而匿於此」。昭具以實對，乃設座於茵之南。

昭詢其姓字，長曰雲容，張氏；次曰鳳臺蕭氏；次曰蘭翹劉氏。飲將酣，蘭翹命骰子，謂三女曰：「今夕佳賓相會，須有匹偶。請擲骰子，遇采强者得薦枕席。」乃遍擲，雲容采勝。翹遂命薛郎近雲容姊坐。又持雙盃而獻曰：「眞所謂合卺⑭矣。」昭拜謝之。遂問：「夫人何許人？何以至此？」

容曰：「某乃開元中楊貴妃之侍兒也。妃甚愛惜，常令獨舞霓裳於繡嶺宮，妃贈我詩曰：「羅袖動香香不已，紅蕖裊裊秋煙裡。輕雲嶺上乍搖風，嫩柳池邊初拂水。」詩成，明皇吟詠久之，亦有繼和，但不記耳。遂賜雙金扼臂⑮。因此寵幸愈於群輩。此時多遇帝與申天師⑯談道，予獨與貴妃得竊聽。亦數侍天師茶藥，頗獲天師憫之，因閒處，叩頭乞藥。師云：「吾不惜，但汝無分，不久處世，如何！」我曰：「朝聞道，夕死可矣⑰。」天師乃與絳雪丹一粒曰：「汝但服之，雖死不壞。但能大其棺，廣其穴，含以真玉，疏而有風，使魂不蕩空，魄不沉寂，有物拘制，陶出陰陽，後百年，得遇生人交精之氣，或再生，便為地仙耳。」我沒蘭昌之時，具以白貴妃，貴妃恤之，命中貴人⑱陳玄造受其事。送終之器，皆得如約。今已百年矣。天師之兆，莫非今宵良會乎？此乃宿分，非偶然耳。」

昭因詰申天師之貌，乃田山叟之魁梧也。昭大驚曰：「山叟即天師明矣。不然，何以委曲使予符曩日之事哉？」又問蘭鳳二子。

容曰：「亦當時宮人有容者，為九仙媛所忌，毒而死之，藏吾穴側，與之交遊，非一朝一夕耳。」

鳳臺請擊席而歌，送昭容酒。歌曰：「臉花不綻幾含幽，今夕陽春獨換秋。我守孤燈無白日，寒雲嶺上更添愁。」

蘭翹和曰：「幽谷啼鶯整羽翰，犀沉玉冷自長歎。月華不忍扃泉戶，露滴松枝一夜寒。」

雲容和曰：「韶光不見分成塵，曾餌金丹忽有神。不意薛生攜舊律，獨開幽谷一枝春。」

昭亦和曰：「誤入宮垣漏網人，月華靜洗玉階塵。自疑飛到蓬萊頂，瓊豔三枝半夜春。」詩畢，旋聞雞鳴，三人曰：「可歸室矣。」昭持其衣，超然而去。初覺門戶至微，及經閾⑲，亦無所妨。蘭鳳亦告辭而他往矣。但燈燭熒熒，侍婢凝立，帳幄綺繡，如貴戚家焉。遂同寢處，昭甚慰喜。如此數夕，但不知昏旦。

容曰：「吾體已蘇矣，但衣服破故，更得新衣，則可起矣。今有金扼臂，君可持往近縣易衣服。」昭懼不敢去，曰：「恐為州邑所執。」容曰：「無憚，但將我白綃去；有急，即蒙首，人無能見矣。」昭然之，遂出三鄉貨之。市其衣服，夜至穴，則容已迎門而笑。引入曰：「但啓櫬，當自起矣。」昭如其言，果見容體已生。及回顧帷帳，但一大穴，多冥器服玩金玉，唯取寶器而出。遂與容同歸金陵幽棲，至今見在，容鬢不衰，豈非俱餌天師之靈藥耳。申天師名元之。

校志

一、《廣記》卷六十九載此篇。但註云：「出《傳記》」。但《類說》卷三十二和《紺珠集》卷十一均將之歸入《傳奇》中。《類說》中，題名〈薛昭〉。《全唐詩》十二函第七冊〈女仙類〉錄存本篇詩四首。道藏洞真部歷代仙真體道通鑑卷三十九第七申元之篇，亦頗載張雲容事。茲將〈仙傳拾遺〉所載〈申元之〉條抄錄於後：

申元之

申元之。不知何許人也。遊歷名山。博採方術。有修真度世之志。開元中。徵至。止開元觀。恩渥愈厚。時又有邢和璞、羅公遠、葉法善、吳筠、尹愔、何思達、（明抄本「達」作「遠」）史崇、尹崇、秘希言。佐佑玄風。翼戴聖主。清淨無為之教。昭灼萬寓。雖漢武元魏之崇道。未足比方也。帝遊溫泉。幸東洛。元之常扈從焉。時善譚玄虛之旨。或留連論道。動移晷刻。惟貴妃與趙雲容宮嬪三五人。同侍宸御。得聆其事。命趙雲容侍茶藥。元之愍其恭恪。乘間乞藥。」少希延生。元之曰。我無所惜。但爾不久處世耳。懇拜乞之不已。曰。朝聞道。夕死可矣。況侍奉大仙。不得度世。如索手出於寶窟也。惟天師哀之。元之念其志切。與絳雪丹一粒。曰。汝服此丹。死必不壞。可大其棺。廣其穴。含以真玉。疏而有風。魂不蕩散。魄不潰壞。百年後還得復生。此太陰鍊形之道。即為地仙。復百年。遷居洞天矣。雲容從幸東都。病於蘭昌宮。貴妃憐之。因以此事白於貴妃。及卒後。宦者徐玄造如其所請而瘞之。元和末百年矣。容果再生。元之尚來往人間。自號田先生。識者云。元之魏時人。已數百歲矣。出仙傳拾遺

二、第一段謫為民於「海東」《類說》作「海康」。

三、第三段「屏左右」，王夢鷗先生認為「此處文或有誤」。我們覺得，作者的意思是「避開左右之人」，包括監視或押解之人。

四、本文據《廣記》與商務《舊小說》第五集〈薛昭傳〉校錄，予以分段，並加註標點符號。商務本題名〈薛昭傳〉，作者闕名。題下卻又註云：「又見《續玄怪錄》。」

註釋

❶薛昭者，唐元和末，為平陸尉——元和，唐憲宗年號，共十五年，自西元八〇六至八二〇年。平陸，山西安邑縣南。尉，通常進士及第，又經吏部試及格之後，大都授以「尉」。「唐元和末」，「唐」字係後人所加。

❷郭代公、李北海——郭代公，指代國公郭元振。李北海：李邕、江都人。玄宗時官北海太守，世稱李北海。

❸廉使——道的最高長官為按察使。後改為採訪處置使。又改為觀察使。

❹海康——在廣東。

❺但荷銀鐺而去——「銀鐺」、似係「鋃鐺」之誤。「鋃鐺」、鎖犯人的鎖鏈。「鋃鐺入獄」，可沒有「銀鐺入獄」。荷：以肩承之也。荷鋃鐺、帶著鎖鏈。

❻賫酒攔道而飲餞之——賫：同齎，ㄐㄧ。攜酒攔路和薛昭飲酒餞行。

❼荊、聶之儔也——和古時荊軻、聶政一流之俠士也。儔：匹也。侶也。

❽脫衣貰酒——把衣裳拿去抵押買酒。貰、音世，賒欠。

❾兼能絕穀——而且可以不吃米飯。

❿林藪繁翳處——林藪：林木繁多處。翳：屏、蓋。繁翳：甚多蔭蔽之處。

⓫匿——躲起來。

⓬揖讓升於花茵——揖讓：互相招呼讓位。花茵：茵本來是褥子。花茵：繁花交織而成的如茵的草地。

⓭酹之曰——酹：以酒澆地祭神而說。

⓮合巹——把瓢分成兩半，每半都可盛酒。男女各執一半飲酒，兩人合飲。故稱合巹。巹：音謹。

⓯金扼臂——如手鐲一類的飾物。

⑯申天師——申元之（見校志後附錄）。

⑰「朝聞道，夕死可矣——此語出自《論語》。

⑱中貴人——太監。

⑲閾——音域，門限。

八、金剛仙

唐開成❶中，有僧金剛仙者，西域人也。居於清遠❷峽山寺，能梵音❸，彈舌搖錫而咒物，物無不應❹。善囚拘鬼魅，東縛蛟螭。動錫杖一聲，召雷立震。

是日，峽山寺有李朴者，持斧翦巨木，刳而為舟❺。忽登山見一磐石，上有穴。睹❻一大蜘蛛，足廣尺餘。四虵囓卉室其穴而去❼。俄聞林木有聲，暴猛吼驟，工人懼而緣木伺之。果睹枳首之虵❽，長可數十丈，屈曲蹙怒，環其蛛穴❾，東西其首。俄而躍西之首，吸穴之卉團而飛去，穎脫具盡。後迴東之首，大劃其目，大呀其口，吸其蜘蛛。蜘蛛馳出，以足擒穴之口，翹屈❿毒丹然若火，焌虵之咽喉⓫，去虵之目⓬。虵懵然而復甦⓭，蛛舉首又吸之。蛛不見⓮，更毒虵。虵遂倒於石而殞。蛛躍出，緣虵之腹，咀內齒，折二頭，俱出絲而囊之，躍入穴去。

朴訝之，返峽山寺語金剛仙。仙乃祈朴驗穴，振環杖而咒之。蛛即出於僧前，儼若神聽；及引錫觸之，蛛乃殂於穴側⓯。及夜，金剛仙夢見老人捧匹帛而前曰：「我即蛛也，復能織耳。」禮金剛仙曰：「願為福田之衣⑯。」語畢遂亡。僧及覺，布已在側。其精妙奇巧，非世繭絲之所能製也。僧乃製而為衣，塵垢不觸。

後數年，僧往番禺，泛舶歸天竺。乃於峽山金鎖潭畔，搖錫大呼而咒水，俄而水闢見底矣。以澡瓶張之，有一泥鰍魚，可長三寸許，躍入瓶中。仙語衆僧曰：「此龍矣。吾將至海門以藥煮為膏，塗足，則渡海若履坦途。」

是夜，有白衣叟挈轉關榼⑰詣寺家人傳經曰：「知金剛仙好酒，此榼一邊美醞，一邊毒醪，其榼即晉帝曾用酖牛將軍⑱者也。今有黃金百兩奉公，為持此酒毒其僧也。是僧無何，取吾子欲為膏。恨伊之深，痛貫骨髓，但無計而奈何。」傳經喜，受金與酒，得轉關之法。詣金剛仙，仙持盃向口次，忽有青衣小兒躍出，就手覆之曰：「酒是龍所將來⑲而毒師耳。」僧大駭，詰傳經。傳經遂不敢隱。

僧乃問小兒曰：「爾何人而相救耶？」小兒曰：「吾昔日之蛛也。今已離其惡業，而託生為人七稔⑳矣。吾之魂稍靈於常人，知師有難，故飛魂奉救。」言訖而沒。衆僧憐之，共禮金剛仙，求捨其龍子。僧不得已而縱之，後仙果泛舶歸天竺矣。

校志

一、《廣記》卷九十六、世界本《傳奇》、商務《舊小說》第五集《傳奇》均載有此文。《紺珠集》卷十一《傳奇》篇下錄了數語，而題名〈龍膏〉。我們據上列諸書予以校錄、分段、並加註標點符號。

二、第二段「枳首之虺」，即是「雙首之蛇」。其首一在東，一在西，俗稱「兩頭蛇」。

三、第五段「傳經喜受金與酒」，世界本作「傳經喜、愛金與酒。」世界本作「傳經喜愛金與酒。」一他愛金則可，為何愛毒酒？《廣記》作「傳經喜，受金與酒。」最為通順正確。

四、此文費解之處頗多，想必是轉抄所致。將在註釋中說明。

五、王夢鷗先生認為本篇「其文窘質」，較之他篇不及多多，可能是出自別書，而非《傳奇》文。說得頗有道理。我們把它存錄於此，聊備讀者參考。並盼方家賜正。

六、括弧中字為編者所加，以求文氣通順。

註釋

❶開成——唐開成中，「唐」字系《廣記》編者所添加。開成是唐文宗年號，共五年，自西元八三六至八四〇年。

❷清遠——在廣東省，舊屬廣州府所轄。（〈孫恪〉一篇，文中即提及峽山寺，袁氏於此寺化為白猿入山去。）

❸能梵音——能說梵語。

❹彈舌搖錫而咒物，物無不應——僧人所用錫杖，簡稱曰錫。捲起舌頭說咒語，搖動錫狀，便能囚拘鬼魅，束縛蛟螭。

❺持斧翦巨木，刳而為舟——翦：斷。用斧斫伐大樹木，剖其中而作成舟。

❻睹——看見。

❼四虵囓卉窒其穴而去——虵：蛇俗字。囓：音臬。用齒咬物。四條蛇咬花把（蜘蛛的）洞穴而封閉起來，而後離去。

❽枳首之虺——枳讀為岐。枳首蛇，兩頭蛇也。《爾雅・釋地》「中有枳首蛇焉。」郭注：「岐頭蛇也。今江東呼兩頭蛇。」

❾屈曲蹙怒，環其蛛穴——蛇怒即屈曲成蛇陣。蹙：音促。蹙怒：急怒。環其蛛穴，繞著蜘蛛的洞穴。

❿翹屈——王夢鷗先生認可能是「翹尾」。

⓫焌虺之咽喉——燒毒蛇的咽喉。

⓬去虺之目——以毒毒蛇的眼睛。

⓭虺懵然而復甦——毒蛇迷迷懵的又穌醒過來。

⓮蛛不見——此三字下似有缺文。

⓯蛛乃殂於穴側——蜘蛛在洞旁死去。

⓰福田衣——袈裟。即水田衣。

⓱轉關榼——可以裝美酒與毒酒的有機關的酒壺。倒出美酒，或毒酒，由「轉關」控制。

⓲晉帝酖牛將軍（之酒榼）——司馬懿的手下將軍牛金，奮勇善戰。都下盛傳掘出石板，上有「牛繼馬後」的字樣。於是司馬懿請牛金赴宴，用轉關榼盛美酒與毒酒，美酒倒給自己喝，毒酒倒給牛金喝，把牛金給毒死了。以絕後患。

⓳龍所將來——龍所拿來的。

⓴七稔——七年。穀一熟（稔），為一年。

九、鄭德璘

貞元中，湘潭尉鄭德璘，家居長沙❶。有親表居江夏❷，每歲一往省焉。中間，涉洞庭，歷湘潭，多遇老叟棹舟而鬻菱芡❸，雖白髮而有少容。德璘與語，多及玄解。詰曰：「舟無糗糧❹，何以為食？」叟曰：「菱芡耳。」德璘好酒，長挈「松醪春❺」過江夏，遇叟，無不飲之。叟飲，亦不甚媿荷❻。

德璘抵江夏，將返長沙，駐舟於黃鶴樓下。傍有鹺賈❼韋生者，乘巨舟，亦抵於湘潭。其夜，與鄰舟告別飲酒。韋生有女，居於舟之舵櫓❽，鄰女亦來訪別。二女同處笑語，夜將半，聞江中有秀才吟詩曰：「物觸輕舟心自知，風恬浪靜月光微。夜深江上解愁思，拾得紅蕖香惹衣。」

鄰舟女善筆札，因睹韋氏粧奩中有紅箋一幅，取而題所聞之句；亦吟哦良久，然莫曉誰人所製也。及旦，東西而去。德璘舟與韋氏舟，同離鄂渚❾信宿❿，及暮又同宿。至洞庭之畔，與韋生舟楫頗以相近。韋氏美而豔，瓊英膩雲，蓮蕊瑩波，露濯蕣姿，月鮮珠彩⑪；於水窗中垂釣。德璘因窺見之，甚悅。遂以綃一尺⑫，上題詩曰：「纖手垂鉤對水窗，紅蕖秋色豔長江。既能解珮投交甫，更有明珠乞一雙。」

強以紅綃惹其鉤。女因收得，吟玩久之。然雖諷讀，即不能曉其義。女不工刀札，又恥無所報，遂以鉤絲而投夜來鄰舟女所題紅箋者。德璘謂女所製，凝思頗悅，喜暢可知，然莫曉詩之意義，亦無計遂其款曲。由是，女以所得紅綃繫臂，自愛惜之。明月清風，韋舟遽張帆而去。風勢將緊，波濤恐人。德璘小舟，不敢同越。然意殊悵悵。

將暮，有漁者語德璘曰：「向者賈客巨舟，已全家歿於洞庭耳。」德璘大駭，神思恍惚，悲惋⑬久之，不能排抑。將夜，為弔韋妹詩二首曰：「湖南風狂且莫吹，浪花初綻月光微。沉潛暗想橫波淚，得共鮫人相對垂。」

又曰：「洞庭風軟荻花秋，新沒青蛾細浪愁。淚滴白蘋君不見，月明江上有輕鷗。」

詩成，酹而投之⑭。精貫神祇，至誠感應，遂感水神，持詣水府⑮。府君覽之，召溺者數輩曰：「誰是鄭生所愛？」而韋氏亦不能曉其來由。有主者搜臂，見紅綃，而語府君。

（府君）曰：「德璘異日是吾邑之明宰，況曩有義相及，不可不曲活爾命。」因召主者攜韋氏送鄭生。韋氏視府君，乃一老叟也。逐主者疾趨而無所碍，道將盡，睹一大池，碧水汪然，遂為主者推墮其中。或沉或浮，亦甚困苦。時已三更，德璘未寢，但吟紅箋之詩，悲而益苦。忽覺有物觸舟，然舟人已寢，德璘遂秉炬照之，見衣服綵繡，似是人物，驚而拯之，乃韋氏也。繫臂紅綃尚在。德璘驟喜，良久，女蘇息，及曉，方能言，乃說府君感君而活我命。

德璘曰：「府君何人也？」終不省悟。遂納為室，感其異也，將歸長沙。後三年，德璘常調，欲謀醴陵令。韋氏曰：「不過作巴陵令耳。」德璘曰：「子何以知？」韋氏曰：「向者水府君言君是吾邑之明宰，洞庭乃屬巴陵，此可驗矣。」德璘誌之，果選得巴陵令。

及至巴陵縣，使人迎韋氏，舟楫至洞庭側，值逆風不進。德璘使傭篙工者五人而迎之。內一老叟，挽舟若不為意，韋氏怒而唾之；叟回顧曰：「我昔水府活汝性命，不以為德，今反生怒？」韋氏乃悟，恐悸，召叟登舟，拜而進酒果，叩頭曰：「吾之父母，當在水府。可省覲否？」曰：「可！」

須臾，舟楫似沒於波，然無所苦。俄到往時之水府。大小倚舟號慟。訪其父母，父母居止儼然，第舍與人世無異。韋氏詢其所須，父母曰：「所溺之物，皆能至此，但無火化，所食唯菱芡耳。」持白金器數事遺女曰：「吾此無用處，可以贈爾。不得久停。」促其相別。韋氏遂哀慟別其父母。叟以筆大書韋氏巾曰：「昔日江頭菱芡人，蒙君數飲松醪春。活君家室以為報，珍重長沙鄭德璘。」書訖，叟遂為僕侍數百輩，自舟迎歸府舍。俄頃，舟卻出於湖畔，一舟之人，咸有所睹。

德璘詳詩意，方悟水府老叟，乃昔日鬻菱芡者。

歲餘。有秀才崔希周投卷[16]於德璘，內有江上夜拾芙蓉詩，即韋氏所投德璘紅牋詩也。德璘疑詩，乃詰希周。對曰：「數年前泊輕舟於鄂渚，江上月明，時當未寢，有微物觸舟，芳馨襲鼻，取而視之，乃一束芙蓉也，因而製詩既成，諷詠良久。敢以實對。」德璘歎曰：「命也！」然後更不敢過洞庭。德璘官至刺史。

校志

一、《廣記》卷一百五十二錄此文，卻註云：「出鄭德璘傳」。但《類說》卷三十二、《紺珠集》卷十一皆節錄此文，並註：「出《傳奇》。」《全唐詩》十二函七冊〈神類〉載有〈水府君與鄭德璘遇詩〉五首。

二、宋胡仔《苕溪漁隱叢話前集》卷十三〈杜少陵八〉篇中說：「裴鉶作《傳奇》，記裴航事，亦有酒名松醪春。」胡仔宋人，他可能讀過裴鉶的《傳奇》原書。只是他把「鄭德璘」記成「裴航」而已。由此可證，此文確出自《傳奇》。

三、本文據《廣記》卷一百五十二與商務《舊小說》第三集〈鄭德璘傳〉校錄，並參考《類說》與《紺珠集》，予以分段，並加註標點符號。《舊小說》把著者名字列為「薛瑩」，不知何據。

註釋

❶貞元中，湘潭尉鄭德璘，家居長沙——貞元是唐德宗年號，共二十年，自西元七八五至八〇四年。湘潭、長沙，俱在湖南。唐縣的長官叫令，令下有丞，丞下有主簿、主簿之下為尉。通常進士及第，再經吏部釋褐試及格後，多授以縣尉之職。令是縣長。丞是副縣長。主簿是主任秘書。尉如同科長或荐任科員。

❷江夏——在湖北。

❸鬻菱芡——鬻：賣。菱、芡，俱生於水中。菱角、芡實，都很好吃。

❹糗糧——糗：乾飯，乾糧。糧：糧食。指米、麥之類。

❺松醪春——可能是唐時的名酒。酒多以春為名。明胡震亨《唐詩癸籤》卷二十〈詁箋〉五云：「東坡云：『唐人酒多以春為名。』今具列一二：金陵春、竹葉春。麴米春、拋青春、梨花春、若下春。石凍春、土窟春、松醪春、燒春。」

❻不甚媿荷——沒有不好意思，也不怎麼感激。

❼鹾賈——鹽商。

❽舵櫓——車上之望樓曰櫓。船尾曰舵，在旁曰櫓。

❾鄂渚——在湖北武昌。

❿信宿——再宿曰信。杜甫詩：「信宿漁人猶泛泛。」

⓫瓊英膩雲，蓮蕊瑩波，露濯蕣姿，月鮮珠彩——瓊英：美石似玉者。此處似指韋氏之顏容如玉。膩雲，李後主詞云：「雲一緺，玉一梭。」雲即形容小周后髮黑而亮。蕣、木槿花。清晨露珠洗禮下的木槿花，明月的光輝掩映如珍珠般的光彩。總而言之，讚譽佳人美不可言。

⓬遂以綃一尺……強以紅綃惹其鈎（釣鉤）——紅綃，唐時用以賞賜人之絲織品。白居易〈琵琶行〉：「一曲紅綃不知數。」鄭德璘強把紅綃讓韋氏釣得。

⓭悲惋——惋：惋惜、惋歎。

⓮酹而投之——以酒弔祭而將詩箋投入水中。

⓯精貫神祇四句——精神直達神祇。神祇：謂天神與地神。感動水神，把詩拿到水府，給水府君看。

⓰投卷——唐時舉人以所著詩文投獻長官或前輩，叫投卷。

十、崑崙奴❶

唐大曆中❷，有崔生者。其父為顯僚，與蓋代之勳臣一品者熟。生是時為千牛❸，其父使往省一品疾。生少年，容貌如玉，性稟孤介❹，舉止安詳，發言清雅❺。一品命妓軸簾❻，召生入室。生拜傳父命，一品欣然愛慕❼，命坐與語。

時三妓人，豔皆絕代，居前，以金甌貯含桃❽而擘之，沃以甘酪而進❾。一品遂命衣紅綃妓者，擎一甌與生食。生少年赧妓輩，終不食❿。一品命紅綃妓以匙而進之，生不得已而食，妓哂之。遂告辭而去。一品曰：「郎君閒暇必須一相訪，無閒老夫也⓫。」命紅綃送出院時，生回顧，妓立三指，又反三掌者，然後指胸前小鏡子云：「記取！」餘更無言。

生歸，達一品意。返學院⓬，神迷意奪，語減容沮，怳然凝思，日不暇食⓭，但吟詩曰：「誤到蓬山頂上遊，明璫玉女動星眸。朱扉半掩深宮月，應照瓊芝雪豔愁。」左右莫能究其意。

時家中有崑崙奴磨勒，顧瞻郎君曰：「心中有何事，如此抱恨不已？何不報老奴！」

生曰：「汝輩何知，而問我襟懷間事！」

磨勒曰：「但言！當為郎君釋解，遠近必能成之。」

生駭其言異，遂具告知。

磨勒曰：「此小事耳，何不早言之，而自苦耶！」

生又白其隱語。

勒曰：「有何難會！立三指者，一品宅中有十院歌姬，此乃第三院耳。反掌三者，數十五指，以應十五日之數。胸前小鏡子，十五夜月圓如鏡，令郎來耶？」生大喜不自勝，謂磨勒曰：「何計而能導我鬱結？」磨勒笑曰：「後夜乃十五夜，請深青絹兩疋，為郎君製束身之衣。一品宅，有猛犬守歌妓院門，非常人不得輒入；入，必噬殺之。其警如神，其猛如虎，即曹州孟海⑭之犬也。世間非老奴不能斃此犬耳，今夕當為郎君撾殺之。」

遂宴犒以酒肉。至三更，攜鍊椎⑮而往。食頃而回，曰：「犬已斃訖，固無障塞耳。」

是夜三更，與生衣青衣，遂負而逾十重垣，乃入歌妓院內。止第三門，綉戶不扃，金釭[16]微明，惟聞妓長嘆而坐，若有所俟。翠環初墜，紅臉纔舒，玉恨無妍，珠愁轉瑩[17]。但吟詩曰：「深洞鶯啼恨阮郎，偷來花下解珠璫。碧雲飄斷音書絕，空倚玉簫愁鳳凰。」

侍衛皆寢，鄰近闃然[18]。生遂緩搴簾而入。

良久，驗是生，姬躍下榻，執生手曰：「知郎君穎悟，必能默識，所以手語耳[19]。又不知郎君，有何神術而能至此？」

生具告磨勒之謀，負荷而至。

姬曰：「磨勒何在？」

曰：「簾外耳。」

遂召入，以金甌酌酒而飲之。

姬白生曰：「某家本富居在朔方。主人擁旄，逼為姬僕[20]。不能自死，尚且偷生。臉雖鉛華，心頗鬱結。縱玉筯舉饌，金鑪泛香，雲屏而每進綺羅，綉被而常眠珠翠[21]，皆非所願，如在桎梏[22]。賢爪牙既有神術，何妨為脫狴牢[23]。所願既申，雖死不悔。請為僕隸，願侍光容。又不知郎君高意如何？」

生愀然不語24。

磨勒曰：「娘子既堅確如是，此亦小事耳。」姬甚喜。磨勒請先為姬負其囊橐粧奩，如此三復焉。然後曰：「恐遲明。」遂負生與姬而飛出峻垣25十餘重。一品家之守禦，無有警者。遂歸學院而匿之。

及旦，一品家方覺。又見犬已斃。一品大駭曰：「我家門垣，從來邃密，扃鎖甚嚴。勢似飛騰，寂無形迹，此俠士而挈之。無更聲聞，徒為患禍耳。」

姬隱崔生家二歲。因花時駕小車而遊曲江。為一品家人潛誌認，遂白一品。一品異之，召崔生而詰之，事懼而不敢隱，遂細言端由，皆因奴磨勒負荷而去。

一品曰：「是姬大罪過，但郎君驅使踰年，即不能問是非，某須為天下人除害。」命甲士五十人，嚴持兵仗，圍崔生院，使擒磨勒。磨勒遂持匕首，飛去高垣，瞥若翅翎，疾同鷹隼，攢矢如雨，莫能中之。頃刻之間，不知所向；然崔家大驚愕。

後一品悔懼，每夕，多以家童持劍戟自衛，如此周歲方止。

後十餘年，崔家有人見磨勒賣藥於洛陽市，容髮如舊。

校志

本文據《太平廣志》卷一九四與《劍俠傳》校錄，並參考王夢鷗先生《唐人小說研究》一〇七至一〇九頁所錄〈崑崙奴〉，略作修正。

二、《廣記》文後注：「出『奇傳』。」，乃係「傳奇」之誤。

三、唐代宰相通常是三品。如特進、係二品。若要擔任宰相職務，還得加上「同中書門下三品」頭銜。本章主角為「一品」官，較宰相高出兩品，當是國之重臣。

四、《類說》卷三十二，節錄此文，題名〈崔生〉。《紺珠集》卷十二也採錄了此文的兩個片段，分別題名為〈手語〉和〈紅綃〉。明人梁柏龍根據此文作〈紅綃女〉雜劇。梅禹金據之作〈崑崙奴〉雜劇。請參閱劉瑛著：《唐代傳奇研究》。

註釋

❶崑崙奴——唐、宋時，有以崑崙種族人作為奴隸者。崑崙種，即今之馬來人。一說崑崙奴為

黑人。《唐語林》卷三〈宿慧〉載蘇頲的《崑崙奴子》詩云：「指如十挺墨，耳似兩張匙。」則崑崙奴似乎確是黑人。

❷大曆——唐代宗年號，共十四年，自西元七六六年至七七九年。

❸千牛——千牛乃是一種據說可以解剖一千牛而仍鋒利的刀。高官的子弟，配千牛刀為皇帝的近衛臣，官名千牛備身，簡稱千牛。

❹容貌如玉，性稟孤介。——玉：美貌風姿，顏面如玉之光潤。孤介：清正不隨俗。

❺舉止安詳，發言清雅——應事接物，言動從容合度之謂。

❻軸簾——將簾子捲起到軸上。

❼欣然愛慕——一品因見到生的容貌如玉，舉止安詳，不覺心裡高興，而興起疼愛之心。

❽含桃——櫻桃。

❾沃以甘酪而進——胡仔著《苕溪漁隱叢話》卷二十三引《高齋詩話》云：「（杜）牧之〈和裴傑〉新櫻桃詩云：『忍用烹騂酪，從將玩玉盤，流年如可駐，何必九華丹。』」是足證明唐人用櫻桃荐酪的風習。

❿少年赧妓輩，終不食——少年在那麼些姑娘前面，害羞，不肯吃。赧：害怕、害羞。

⓫無間老夫也——不要疏遠我老人家。
⓬返學院——回到學房、書房。
⓭神速意奪四句——意亂神迷，不言不食，容色沮喪，日思夜想。怳然：猶恍然、自失貌。
⓮曹州孟海之犬也——曹州：山東曹縣一代之地，據說當地產猛犬。
⓯鏈椎——鏈子槌之類的武器。
⓰金釭——金屬的燈。釭：音剛。
⓱翠環四句——剛摘下翠玉耳環，卸了粧，玉臉失色，愁容婉轉。
⓲闃然——闃：音ㄑㄩˋ，靜也。
⓳手語——以手勢代語言。有如今之手語。
⓴主人擁旄，逼為姬僕——主人擁有旄節，可能是節度使，強逼為姬侍。
㉑玉筋舉饌，金鑪泛香，雲屏而每進綺羅，繡被而常眠珠翠——意思是說：過著錦衣玉食的生活。
㉒桎梏——刑具。讀如「質鵠」，腳鐐手銬也。
㉓狴牢——牢獄。狴：據說龍生九子，第四子為狴犴，形如虎。通常畫在獄門上，故稱監獄為「狴牢」。

㉔生愀然不語——生發愁因而不能答話。

㉕峻垣——高峻的牆。

十一、聶隱娘

聶隱娘者，唐貞元❶中魏博❷大將聶鋒之女也。年方十歲，有尼乞食於鋒舍，見隱娘悅之。云：「問押衙乞取此女教❸。」鋒大怒，叱尼。尼曰：「任押衙鐵櫃中盛，亦須偷去矣。」及夜，果失隱娘所向。鋒大驚駭，令人搜尋，曾無影響❹。父母每思之，相對涕泣而已。

後五年，尼送隱娘歸。告鋒曰：「教已成矣，子卻領取。」尼欻亦不見❺。一家悲喜，問其所學。曰：「初但讀經唸咒，餘無他也。」鋒不信，懇詰❻。隱娘曰：「真說又恐不信，如何！」鋒曰：「但真說之。」

隱娘曰：「初被尼挈，不知行幾里。及明，至大石穴之嵌空數十步，寂無居人，猿狖極多❼，松蘿益邃。已有二女，亦各十歲。皆聰明婉麗，不食，能於峭壁上飛走，若捷猱登木❽，無有蹶失❾。尼與我藥一粒，兼令長執寶劍一口，長二尺許，鋒利，吹毛令剸❿。逐二女攀緣⓫，漸覺身輕如風。一年後，刺猿狖。百無一失。後刺虎豹，皆決其首而歸。三年後能飛，使刺鷹隼無不中。劍之刃漸減五寸，飛禽遇之，不知其來也。至四年，留二女守穴，挈我於都市，不知何處也；指其人者，一一數其過曰：「為我刺其首來，無使知覺。定其膽，若飛鳥之容易也。⑫」受以羊角匕首刀，廣三寸。遂白日刺其人於都市，人莫能見。以首入囊，返主人舍，以藥化之為水。五年，又曰：「某大僚有罪，無故害人若干，夜可入其室，決其首來。」又攜匕首入室，度其門隙，無有障礙⑬。伏之樑上。至瞑，持得其首而歸。」尼大怒曰：「何太晚如是。」某云：「見前人戲弄一兒可愛，未忍便下手。」尼叱曰：「已後遇此輩，先斷其所愛，然後決之。」某拜謝。尼曰：「吾為汝開腦後，藏匕首而無所傷，用即抽之。」曰：「汝術已成，可歸家。」遂送還。云：「後二十年方可一見。」

鋒聞語甚懼。後遇夜，即失蹤，及明而返。鋒已不敢詰之，因茲亦不甚憐愛。忽值磨鏡少年及門，女曰：「此人可與我為夫。」白父，父不敢不從，遂嫁之。其夫但能淬鏡⑭，餘無他能。父乃給衣食甚豐，外室而居。數年後，父卒。魏帥稍知其異，遂以金帛署為左右吏，如此又數年。

至元和間⑮，魏帥與陳許節度使劉昌裔⑯不協，使隱娘賊其首⑰。隱娘辭帥之許。劉能神算，已知其來，召衙將，令來日早至城北，候一丈夫、一女子，各跨白黑衛。至門，遇有鵲前噪，丈夫以弓彈之，不中，妻奪夫彈，一丸而斃鵲者，揖之，云：「吾欲相見，故遠相祗迎也。」衙將受約束，遇之。隱娘夫妻曰：「劉僕射果神人，不然者，何以洞吾[18]也，願見劉公。」劉勞之，隱娘夫妻拜曰：「合負僕射萬死！」劉曰：「不然，各親其主，人之常事。魏今與許何異，願請留此，勿相疑也。」隱娘謝曰：「僕射左右無人，願舍彼而就此，服公神明也。」知魏帥之不及劉。劉問其所須。曰：「每日只要錢二百文足矣。」乃依所請，忽不見二衛之所。劉使人尋之，不知所向，後潛收布囊中，見二紙衛，一黑一白[19]。

後月餘，白劉曰：「彼未知住，必使人繼至。今宵請剪髮繫之以紅綃，送於魏帥枕前，以表不迴。」劉聽之，至四更卻返。曰：「送其信了，後夜必使精精兒來殺某，及賊僕射之首。此時亦萬計殺之，乞不憂耳。」劉豁達大度，亦無畏色。

是夜明燭，半宵之後，果有二幡子[20]一紅一白，飄飄然如相擊於牀四隅。良久，見一人望空而踣[21]，身首異處。隱娘亦出，曰：「精精兒已斃。」拽[22]出於堂之下，以藥化為水，毛髮不存矣。隱娘曰：「後夜當使妙手空空兒繼至。空空兒之神術，人莫能窺其用，鬼莫得躡其蹤。能從空虛之入冥，然無形而滅影。隱娘之藝，故不能造其境，此即繫僕射之福耳。但以於闐玉[23]周其頸，擁以衾，隱娘當化為蠛蠓[24]，潛入僕射腸中聽伺，其餘無逃避處。」劉如言。至三更，瞑目未熟，果聞頸上鏗然聲甚厲。隱娘自劉口中躍出，賀曰：「僕射無患矣。此人如俊鶻㉕，一搏不中，即翩然遠逝㉖，恥其不中。才未逾一更，已千里矣。」後視其玉，果有匕首劃處，痕逾數分。自此劉轉厚禮之。

元和八年，劉自許入覲㉗，隱娘不願從焉。云：「自此尋山水，訪至人，但乞一虛給㉘與其夫。」劉如約。後漸不知所之。及劉薨於統軍，隱娘亦鞭驢而一至京師柩前，慟哭而去。

開成年㉙，昌裔子縱，除陵州刺史，至蜀棧道，遇隱娘，貌若當時，甚喜相見，依前跨白衛如故。語縱曰：「郎君大災，不合適此。」出藥一粒，令縱吞之。云：「來年火急拋官歸洛，方脫此禍。吾藥力只保一年患耳。」縱亦不甚信，遺其繒彩，隱娘一無所受，但沉醉而去。後一年，縱不休官，果卒於陵州。自此無復有人見隱娘矣。

校志

一、本文據《太平廣記》卷一九四、世界書局楊家駱主編之世界文庫四部刊要本《傳奇》、世界書局江國垣編之《唐人傳奇小說》等版本校錄，予以分段，並加註標點符號。

二、王夢鷗先生《唐人小說研究》中說：「《類說》和《紺珠集》都未將本文收入。明陸楫《古今說海》載（聶隱娘）一文，卻云是段成式撰又可能是有段成式撰《劍俠傳》之說，而明人吳琯所刊行之《劍俠傳》中有載此文。因而誤將作者訛成段成式。」

三、隱娘稱昌裔為僕射。《唐書》中，昌裔「檢校工部尚書」無「僕射」銜。

四、乃相疑也——《劍俠傳》作「勿相疑也。」較通順。

註釋

❶貞元——唐德宗年號，共二十年，自西元七八五至八〇四年。

❷魏博——田承嗣盤據魏博，盜有貝、博、魏、相、衛、磁、洛七州。四世，凡四十九年之久。史稱其人「沉猜陰賊，不習禮義」。時代宗以寇亂初平，多所含宥。加封承嗣同中書門下平章事，封鷹門郡王。以魏州為大都督府。

❸問押衙乞取此女教——請求押衙將此女兒交給我來調教。押衙：稱呼武將。

❹曾無影響——無影無蹤。

❺尼欻亦不見——欻：忽然。

❻懇詰——苦苦追問。

❼猿狖極多——狖：音抽，黑長尾猿。

❽若捷猱登木——好似敏捷的猿猴爬上樹木。猱：猿猴類。

❾無有蹶失——沒有失足的危險。蹶：失足跌倒。

❿吹毛含剸——剸：割。《劍俠傳》作「吹毛可斷。」較平穩，意思差不多。現今武俠小說中好以「吹毛斷髮」形容刀、劍的鋒利。

⓫逐二女攀緣——追逐兩女童，攀登山崖。（《劍俠傳》作：「遂令二女教其攀緣。」）

⓬為我刺其首三句——為我把他的頭割下，別讓他發覺。放大膽，像殺飛鳥一樣容易。

⓭度其門隙，無有障礙——從門縫中進入，完全沒有障礙。

⓮淬鏡——古無玻璃鏡，通常用銅鑄鏡，但必須打磨，才能光可鑑物。淬、將燒紅的銅鐵浸入水中。

⓯元和——唐憲宗年號。計十五年。自西元八〇六年至八二〇年。

⓰陳許節度使劉昌裔——陳州：今河南淮陽等地；許：許昌等地。昌裔頗有才識，屢建功勳，助上官涚破賊，涚升陳許節度使，昌裔陳州刺史。涚卒：軍中推昌裔，奉詔檢校工部尚書，代節度，晉封彭城郡公。卒：贈潞州大都督。（按：唐自安史亂後，節度使多有擁兵自重，

不聽中央接濟者，他們合則相交，不合則相攻，朝廷不能制止。幾成戰國時代局面。）

⑰賊其首——暗砍他的頭。

⑱何以洞吾也——怎麼洞悉我們的行止呢！

⑲見二紙衛，一黑一白——衛：古衛地人好蓄驢，故稱驢為衛。衛，約當今冀、豫相交之地。

⑳幡子——幡：旛。旗幟。

㉑望空而踣——應是從空而踣。

㉒拽——拖出。

㉓于闐玉——于闐：今新疆之和闐縣，其地產玉。

㉔蟣蠓——一種非常小的昆蟲。

㉕俊鶻——鶻：隼的一種。俊：形容其快速敏捷。

㉖翩然遠逝——翩：疾、速。極快的飛往遠處了。

㉗入覲——地方長官回到朝廷覲見皇帝，叫入覲。

㉘虛給——不要上班卻可領一份俸祿的職位。

㉙開成——文宗年號，共五年，自西元八三六至八四〇。距貞元中已四十餘年。隱娘該是五十多歲了

說明

唐自安史亂後，節度使多擁兵自重。自辟官吏，自徵稅賦，不聽朝廷指揮。朝廷為姑息他們，常給予同中書門下平章銜，號為「使相」。至於僕射、尚書銜，更是普遍。高麗人李懷玉殺故節度使王玄志之子、擁立侯希逸為節度使後，節度使由軍士廢立，自此開始。（《資治通鑑》二百二十肅宗乾元元年）」。至於節度使們經常是「喜則連橫而叛上，怒則以力相拼。」（《舊唐書》卷六十四）中唐以後，朝野又流行以刺客對付敵人。甚至刺殺宰相（武元衡）。所以，〈聶隱娘〉、〈紅線傳〉。一類的劍俠傳奇，便應運而生了。

按：《列子‧湯問》有「來丹受劍報仇」事，王夢鷗老師認為裴鉶可能是「據此而構思此文。」頗有道理。

商務《舊小說》第三集五五頁載此文，作者闕名，但題目為「聶隱娘傳」。下注云：「又見『傳奇』」。

十二、張無頗

長慶中❶，進士張無頗，居南康❷。將赴舉，遊丏番禺❸。值府帥改移，投詣無所❹，愁疾臥於逆旅，僕從皆逃。忽遇善易者袁大娘來主人舍，瞪視無頗曰：「子豈久窮悴耶！」❺遂脫衣買酒而飲之曰：「君窘厄❻如是，能取某一計，不旬朔❼，自當富贍，兼獲延齡。❽」

無頗曰：「某困餓如是，敢不受教。」大娘曰：「某有玉龍膏一合子，不惟還魂起死，因此亦遇名姝。但立一表白❾，曰『能治業疾❿』，若常人求醫，但言不可治；若遇異人請之，必須持此藥而一注，自能富貴耳。」無頗拜謝受藥。大娘以暖金合盛之。曰：「寒時但出此合，則一室暄熱，不假爐炭矣。」

無頗依其言，立表數日，果有黃衣若宦者扣門甚急，曰：「廣利王知君有膏⓫，故使召見。」無頗誌大娘之言，遂從使者而往。江畔有畫舸⓬，登之甚輕疾。食頃，忽睹城宇極峻，守衛甚嚴。宦者引無頗入十數重門，至殿庭，多列美女，服飾甚鮮，卓然侍立。

宦者趨而言曰：「召張無頗至。」

遂聞殿上使軸簾⑬，見一丈夫，衣王者之衣，戴遠遊冠。二紫衣侍女扶立而臨砌⑭，招無頗曰：「請不拜。」王曰：「知秀才非南越人，不相統攝，幸勿展禮。」無頗彊拜，王罄折⑮而謝曰：「寡人薄德，遠邀大賢。蓋緣愛女有疾，一心鍾念。知君有神膏，儻獲痊平，實所媿戴。」遂令阿監⑯二人，引入貴主院。

無頗又經數重戶，至一小殿，廊宇皆綴明璣翠璫，楹楣煥爛，若布金鈿。異香氳鬱，滿其庭戶。俄有二女褰簾，召無頗入。睹真珠繡帳中，有一女子，纔及笄年，衣翠羅縷金之襦。

無頗切其脈，良久曰：「貴主所疾，是心之所苦。」遂出龍膏，以酒吞之，立愈。貴主遂抽翠玉雙鸞篦遺無頗，目成者久之⑰。無頗不敢受，貴主曰：「此不足酬君子，但表其情耳；然王當有獻遺⑱。」無頗媿謝，阿監遂引之見王。王出駭雞犀、翡翠盌、麗玉、明瑰，而贈無頗。無頗拜謝，宦者復引送於畫舸，歸番禺。主人莫能覺。纔貨其犀，已巨萬矣。

無頗睹貴主華豔動人，頗思之。月餘，忽有青衣扣門而送紅牋，有詩二首，莫題姓字。無頗捧之，青衣倏忽不見。無頗曰：「此必仙女所製也。」詞曰：「羞解明璫尋漢渚，但憑春夢訪天涯。紅樓日暮鶯飛去，愁殺深宮落砌花。」又曰：「燕語春泥墮錦筵，情愁無意整花鈿。寒閨欹枕不成夢，香炷金爐自裊烟。」

頃之，前時宦者又至，謂曰：「王令復召，貴主有疾如初。」無頗欣然復往，見貴主，復切脈次，左右云：「王后至。」無頗降階，聞環佩之響，宮人侍衛羅列，見一女子可三十許，服飾如后妃，無頗拜之。

后曰：「再勞賢哲，實所懷慙。然女子所疾，又是何苦？」

無頗曰：「前所疾耳。心有擊觸，而復作焉。若再餌藥，當去根幹矣」。后曰：「藥何在？」無頗進藥合，后睹之，默然，色不樂。慰喻貴主而去。

后遂白王曰：「愛女非疾，私其無頗矣；不然者，何以宮中暖金合，得在斯人處耶？」

王愀然良久曰：「復為賈充女⑳耶？吾亦當繼其事而成之，無使久苦也。」

無頗出，王命延之別館，豐厚宴犒㉑。後、王召之曰：「寡人竊慕君子之為人，輒欲以愛女奉託，如何？」無頗再拜辭謝，心喜不自勝。遂命有司擇吉日，具禮待之。王與后敬仰愈於諸婿，遂止月餘。權宴俱極。

王曰：「張郎不同諸婿，須歸人間。昨夜檢於幽府云，當是冥數，即寡人之女，不至苦矣。番禺地近，恐為時人所怪，南康又遠，況別封疆，不如歸韶陽[22]甚便。」無頗曰：「某意亦欲如此。」遂具舟楫，服飾、異珍、金珠、寶玉，無頗曰：「唯侍衛輩即須自置，無使陰人[23]，此減等耳。」遂與王別。

王曰：「三年即一到彼，無言於人。」

無頗挈家居於韶陽，人罕知者。住月餘，忽袁大娘扣門，見無頗。無頗大驚，大娘曰：「張郎今日賽口[24]，及小娘子，酬媒人可矣。」二人各具珍寶賞之，然後告去。

無頗詰妻，妻曰：「此袁天綱女[25]，程先生妻也。暖金合，即某宮中寶也。」後每三歲，廣利王必夢至張室。後無頗為人疑訝，於是去之，不知所適。

校志

一、本文據《廣記》卷三百一十、世界四部刊要本《傳奇》及商務萬有文庫《舊小說》卷五《傳奇》校錄，予以分段，並加註標點符號。

二、此文《類說》卷三十二列有節要。《全唐詩》十二函七冊有本篇中龍女詩兩首。題為〈廣利王女寄張無頗〉。

三、「賈充女」，世界本誤為「賈克女」。按：賈充的女兒，把賈充得自皇帝的外國進貢異香偷偷拿給他的相好韓壽，姦情洩漏了，賈充只好把女兒嫁給韓壽，並把知道女兒和韓壽幽會的奴婢僕人全殺掉，以免家醜外揚。李商隱詩云：「賈氏窺簾韓掾少。」便是指這個故事。（賈女之淫、賈充之狠，令人髮指！）

四、《傳奇》文字，好以「耳」代「矣」。我們以採用「矣」字版本為原則，儘可能讓文字更為通順。

註釋

❶長慶——唐穆宗年號，共四年，自西元八二一至八二四年。

❷南康——屬江西省，在贛縣西南。

❸遊丐番禺——讀「潘義」音，即今之廣州。旅遊就食於廣州。

❹值府帥改移，投詣無所——節度使府遷至別處，無處投奔。

❺瞪視無頗曰：「子豈久窮悴耶」——瞪著眼睛看無頗，說：「你難道是久處窮困之人？」瞪：張大眼睛。悴：憂傷。枯瘠：憔悴。袁大娘善易，乃精通易經的算命術士。

❻窘厄——窮困。

❼不旬朔——不出十日。

❽自當富贍，兼獲延齡——自然會有錢、贍足，而且會延年（長壽）。

❾立一表白——豎一個照牌。拿一個幌子。一個招子。

❿能治業疾——業：梵語，有口業、身業、善業、惡業等。我們解釋是「有特殊原因的病」。

⓫廣利王知君有膏——據說南海龍王便是廣利王。知君有膏：知道張無頗有王龍膏。

⓬舸——音個，大船。

⓭軸簾——軸在此是動詞。軸簾：將簾捲到軸上。

⓮臨砌——臨階。

⓯罄折——意思不明。罄：有嚴整的意思。

⓰阿監——監：閹人，太監。

⓱目成——《楚辭・九歌・少司命》：「滿堂兮美人，忽獨與余兮目成。」謂「女子心許以目示意。」元微之詩：「橫波擲目成。」公主遂以翠玉篦相送。篦、梳子。齒比梳子密。

⑱獻遺——贖贈。

⑲駭雞犀、翡翠鴛、麗玉、明瑰——古以犀名寶物。如通天犀、駭雞犀。如李商隱詩：「心有靈犀一點通。」犀屬一種笨重動物，其角十分珍貴。可入藥。翡翠作的碗，價值連城。瑰：石之美者。

⑳賈充女——校志中已說明。

㉑犒——犒賞。

㉒韶陽——地名，可能是今之韶關，地處贛粵交界之處。

㉓陰人——以別於陽世之人。

㉔賽口——王夢鷗先生謂：「賽口即是賽答，謂還願也。」（按，史記封禪書云「冬賽禱祠」，索隱曰：「賽，謂報神福也。」韓非子外儲說右下：「秦襄王病，百姓殺牛賽禱。」同。袁大娘的意思是要無頗還願。）

十三、蕭曠

太和中，處士蕭曠❶，自洛東遊，至孝義館。夜憩於雙美亭。時月朗風清，曠善琴，遂取琴彈之。

夜半，調甚苦，俄聞洛水之上，有長歎者，漸相逼。乃一美人。

曠因捨琴而揖之曰：「彼何人斯？」

女曰：「洛浦神女也。昔陳思王有賦❷，子不憶耶？」

曠曰：「然。」曠又問曰：「或聞洛神即甄皇后，謝世，陳思王遇其魄於洛濱，遂為感甄賦；後覺事之不正，改為洛神賦，託意於宓妃❸。有之乎？」

女曰：「妾即甄后也。為慕陳思王之才調，文帝怒而幽死。後精魄遇王洛水之上，敘其寃抑，因感而賦之。覺事不典，易其題，乃不繆矣。」

俄有雙鬟，持茵席，具酒肴而至❹。

女謂曠曰：「妾為袁家新婦時，性好鼓琴，每彈至悲風及三峽流泉，未嘗不盡夕而止。適聞君琴韻淸雅，願一聽之。」

曠乃彈別鶴操及悲風。

神女長歎曰：「眞蔡中郎❺之儔也。」問曠曰：「陳思王洛神賦如何？」

曠曰：「眞體物瀏亮，為梁昭明之精選爾❻。」

女微笑曰：「狀妾之舉止，云翩若驚鴻，婉若游龍❼，得無疏矣？」

曠曰：「陳思王之精魄今何在？」

女曰：「見為遮須國王。」

曠曰：「何為遮須國。」

女曰：「劉聰子，死而復生，語其父曰：有人告某云遮須國久無主，待汝父來作主，即此國是也。」

俄有一青衣引一女曰：「織綃娘子至矣。」神女曰：「洛浦龍王之處女。善織綃於水府，適令召之爾。」

曠因詰織綃曰：「近日人世，或傳柳毅靈姻之事，有之乎？」

女曰：「十得其四五爾。餘皆飾詞，不可惑也。」

曠曰：「或聞龍畏鐵，有之乎？」

女曰：「龍之神化，雖鐵石金玉，盡可透達，何獨畏鐵乎？畏者，蛟螭輩耳」。

曠又曰：「雷氏子佩豐城劍，至延平津，躍入水化為龍有之乎？」

女曰：「妄也！龍木類，劍乃金。金既尅木，而不相生，焉能變化。豈同雀入水為蛤，野雞入水為蜃哉？但寶劍靈物，金水相生，而入水雷生，自不能沉於泉。信其下搜劍不獲，乃妄言為龍。且雷煥只言化去，張司空但言終合，俱不說為龍。任劍之靈異，且人之鼓鑄煅煉，非自然之物，是知終不能為龍，明矣。」

曠又曰：「梭化為龍如何？」

女曰：「梭木也，龍本屬木，變化歸木，又何怪也。」

曠又曰：「龍之變化如神，又何病而求馬師皇❽療之。」

女曰：「師皇是上界高真，哀馬之負重引遠，故為馬醫，愈其疾者萬有匹。上天降鑒，化其疾於龍唇吻間。欲驗師皇之能。龍後負而登天，天假之，非龍真有病也。」

曠又曰：「龍之嗜燕血，有之乎？❾」

女曰：「龍之清虛，食飲沆瀣❿，若食燕血，豈能行藏。蓋嗜者，乃蛟蜃輩。無信造作。皆梁朝四公誕妄之詞耳。」

曠又曰：「龍何好？」

曰：「好睡。大則千年，小不下數百歲。偃仰⓫於洞穴，鱗甲間聚其沙塵，或有鳥銜木實⓬，遺棄其上，乃甲坼⓭生樹，至於合抱，龍方覺悟，遂振迅修行，脫其體而入虛無；澄其神而歸寂滅。自然形之與氣，隨其化用，散入真空。若未胚腪⓮，若未凝結，如物在恍惚，精奇杳冥，當此之時，雖百骸五體，盡可入於芥子之內，隨舉止，無所不之。自得還元返本之術，與造化爭功矣。」

曠又曰：「龍之修行，向何門而得？」

女曰：「高真所修之術何異！上士修之，形神俱達；中士修之，神超形沉；下士修之，形神俱墮。且當修之時，氣爽而神凝，有物出焉。即老子云「恍恍惚惚，其中有物也。」其於幽微，不敢洩露，恐為上天譴謫爾。⓯」

神女遂命左右，傳觴敘語，情況昵洽⓰，蘭豔動人。若左瓊枝，而右玉樹，繾綣永夕⓱，感暢冥懷。

曠曰：「遇二仙娥於此，真所謂雙美亭也。」

忽聞雞鳴，神女乃留詩曰：「玉筋凝腮憶魏宮，朱絲一弄洗清風。明晨追賞應愁寂，沙渚烟銷翠羽空。」

織綃詩曰：「織綃泉底少歡娛，更勸蕭郎盡酒壺。愁見玉琴彈別鶴，又將清淚滴真珠。」

曠答二女詩曰：「紅蘭吐豔間夭桃，自喜尋芳數已遭。珠佩鵲橋從此斷，遙天空恨碧雲高。」

神女遂出明珠翠羽二物贈。曠曰：「此乃陳思王賦云：或採明珠，或拾翠羽，故有斯贈。以成洛神賦之詠也」。

龍女出輕綃一疋贈曠曰：「若有胡人購之，非萬金不可。」神女曰：「君有奇骨異相，當出世。但淡味薄俗，清襟養眞⑱，妾當為陰助。」言訖，超然躡虛而去，無所睹矣。

後曠保其珠綃，多遊嵩嶽，友人嘗遇之，備寫其事。今遁世不復見焉。

校志

一、本文據《太平廣記》卷三百一十一、世界書局四部刊要《傳奇》、王夢鷗先生《唐人小說研究》第一集〈傳奇〉篇諸書校錄，予以分段，並加註標點符號。

二、廣記後註云：「出『傳記』。明鈔本作『出傳奇』。」惟王夢鷗先生根據曾慥《類說》所錄《傳奇》第一篇題名〈洛浦感甄賦〉，與《紺珠集》卷十一〈感甄賦〉，並從篇中所用詞彙與全書其他各篇相似來判定，此文實係裴鉶《傳奇》中的一篇。我們有同感。

三、商務《舊小說》第三集載此文。題目叫〈洛神傳〉。作者闕名。

註釋

❶太和中，處士蕭曠——太和，唐文宗年號，共九年，自西元八二七至八三五年。處士：有學行之士而隱居不仕者。

❷洛浦神女也。昔陳思王有賦——三國時，曹操攻滅袁紹。袁紹的一個媳婦甄氏（袁熙之妻），甚有姿色。操長子曹丕納為妻。丕篡漢稱帝，立甄氏為后。黃初二年，坐事賜死。丕弟曹植，也愛甄氏，長兄既已娶她為嫂了，只好望洋興歎。曹植朝京師還濟洛川，夢見甄氏來奔。事後，他作了一篇感念的文章。叫〈感甄賦〉。魏明帝見了，改為〈洛神賦〉。甄氏，即曹丕稱文帝後的甄后。

❸宓妃——相傳宓羲氏的女兒溺死洛水之中，遂為洛水之神，號曰宓妃。宓：音伏。

❹雙鬟——環髮為髻，謂之鬟，通常稱丫頭為丫鬟。持茵席：茵、褥子。茵席，草蓆。

❺蔡中郎——漢蔡邕，字伯喈。性篤孝，博學，好辭章、天文、術數。能畫，又能彈琴。董卓為司空，強任用他，三日之間，周歷三臺，為侍中。後拜中郎將。世稱蔡中郎，他實係一個傳奇人物。三日之間由白衣升到侍中，有如今日一個從未任官之人，三日間由科員升到了部長！「蔡中郎之儔也。」真是彈琴談得和蔡邕相比了。

❻體物瀏亮：陸機的〈文賦〉中說：「詩緣情而綺靡，賦體物而瀏亮。」蕭曠讚譽「洛神賦」，便用陸機的話來形容。所以，推崇「洛神賦」一文在梁《昭明文選》中是精挑細選之作。瀏亮：清明。體物：形容事物。

❼翩若驚鴻，婉若游龍——原係洛神賦中形容洛神舉止的輕快柔軟。

❽馬師皇——黃帝時的醫生。善醫馬，曾醫龍疾。後為龍負去，莫知所之。（《古今醫統》）。

❾龍之嗜燕血——相傳龍好飲燕血，甚至吃了鷰肉的人，不可入水，入水，必被嗜燕血的蛟龍所吞食。見張華《博物記》卷二。

❿食飲沆瀣——沆瀣：清露朝氣。意謂龍不食人間煙火。《太平廣記》卷四百一十八〈震澤洞〉條載：「杰公謂梁武帝曰：『龍畏蠟，愛美玉及空青而嗜燕。』」（註：出《梁四公記》）（空青、礦物，狀若楊梅，色青，中空有漿。）

⓫偃仰——俯仰。

⓬木實——樹木的種子。

⓭甲坼——《易》解：「雷雨作而百果草木皆甲坼。」疏：「雷雨既作，百果草木皆孚甲開坼，莫不能散也。」亦作「甲宅」。米外之粟皮曰「孚甲」。本句意謂小鳥把木實遺棄於龍鱗上，木實綻開發芽生長，甚至長至合抱，龍才醒覺！

⓮胚腪——形成胚胎。這段話，從「遂振迅修行」起，意思是：遂立即振作，迅速修行，離開肉體，進入虛無。使神志澄清而歸寂滅，化為無形之氣，隨機變化，散入真空。未成胚胎，未自凝結，如物在恍惚之中，精神入杳冥。此時，骨骼器官，可藏於芥子之內，隨意所之，哪裡都可到達。自然得到還歸自然之術，可與造化爭功了。」

⓯洛神說：「龍的修行，和高真的修行相同。上士修之，形和神都通達。中士修之，神超而形沉了。下士修之，形神俱沉落。修行之時，氣爽而神迎，似乎有東西從身上飛出去了。即老子所說的『恍恍惚惚，其中有物也。』至於幽微之處，不敢亂說，怕得天譴！」

⓰傳觴敘語，情況昵洽——傳杯飲酒，閒話家常，情形非常融洽。

⓱繾綣——本意是「不離散」。

⓲但淡味薄俗，清襟養真——但：只要。只要清新寡慾，超凡脫俗，涵養真氣，自然道在其中。

十四、曾季衡

太和❶四年春，鹽州防禦使❷曾孝安，有孫曰季衡，居使宅西偏院。室屋壯麗，而季衡獨處之。有僕夫告曰：「昔王使君女，暴終於此，乃國色也，晝日其魂或見於此，郎君愼之。」季衡少年好色，願睹其靈異，終不以人鬼為間。頻爇❸名香，頗踈凡俗，步遊閒處，恍然凝思❹。

一日晡❺時，有雙鬟前揖曰：「王家小娘子，遣某傳達厚意，欲面拜郎君。」言訖，瞥然而沒。

俄頃，有異香襲衣。季衡乃束帶伺之，見向雙鬟，引一女而至，乃神仙中人也。季衡揖之，問其姓氏。

曰：「某姓王氏，字麗眞。父今為重鎮，昔侍從大人，牧此城，據此室，無何物故。感君思深杳冥，情激幽壤❻，所以不問存沒，頗思神會，其來久矣，但非吉日良時。今方契願❼，幸垂留意。」

季衡留之，款會移時乃去。握季衡手曰：「翌日此時再會，愼勿泄於人。」遂與侍婢俱不見。

自此每及晡一至，近六十餘日，季衡不疑。因與大父麾下將校說及豔麗，誤言之，將校驚懼，然其事❽，曰：「郎君將及此時，顧一扣壁，某當與二三輩潛窺焉。」季衡亦終不能扣壁。

是日女郎一見季衡，容色慘怛，語聲嘶咽❾，握季衡手曰：「何為負約而洩於人！自此不可更接歡笑矣。」

季衡慚悔，無詞以應。

女曰：「殆非君之過，亦冥數盡耳。」乃留詩曰：「五原分袂眞吳越，燕折鶯離芳草竭。年少煙花處處春，北邙空恨清秋月。」

季衡不能詩，恥無以酬，乃强為一篇曰：「莎草青青雁欲歸，玉腮珠淚洒臨岐。雲鬟飄去香風盡，愁見鶯啼紅樹枝。」

女遂於襦帶解蹙金結花合子，又抽翠玉雙鳳翹一隻❿，贈季衡曰：「望異日睹物思人，無以幽冥為隔。」

季衡搜書篋中，得小金縷花如意酬之，季衡曰：「此物雖非珍異，但貴其名如意，願長在玉手操持耳。」又曰：「此別何時更會？」女曰：「非一甲子，無相見期。」言訖，嗚咽而沒。

季衡自此寢寐求思，形體羸瘵⓫。故舊丈人王回，推其方術，療以藥石，數月方愈。乃詢五原紉針婦人。曰：「王使君之愛女，不疾而終於此院，今已歸葬北邙山，或陰晦而魂遊於此，人多見之。」則女詩云「北邙空恨清秋月」也。

校　志

一、本文據《廣記》卷三百四十七、世界四部刊要本《傳奇》與《類說》卷三十二校錄，予以分段，並加註標點符號。

二、鹽州防禦使，王夢鷗先生據《古今說海》考定為鹽州。其他書作「監州」。

註釋

❶大和——唐文宗年號，共九年，自西元八二七至八三五年。
❷防禦使——唐肅宗至德以後，於大郡要害三地置防禦使，以治軍事。由刺使兼任。州分上、中、下三級。次史，上州刺史為從三品；中為正四品上；下為正四品下。
❸頻爇名香——常焚燒名香。
❹步遊閒處，恍然凝思——獨自散步遊蕩或閒處時，常凝情默想。
❺晡——申時。黃昏薄暮之時。
❻感君思深杳冥，情激幽壤——感於你的默默中的思念，使我在幽冥中感情激動。
❼所以不問存沒七句——所以，不想人鬼的隔斷，很想和你精神相見，由來好多天了。只是都沒碰上吉日良辰，今天才了心願。
❽然其事——這句話不解，中間可能有脫文。
❾容色慘怛，語聲嘶咽——慘怛：傷痛。嘶：聲破而啞。咽：哽咽。

❿蹙金結花合子，翠玉雙鳳翹——蹙金：今之撚金也。織成為文繪之屬，當為金線繡成。翹：美人的首飾。白居易〈長恨歌〉：「翠翹金雀玉搔頭。」

⓫羸瘵——瘦。

十五、趙合

進士趙合❶，貌溫氣直，行義甚高❷。大和初❸，遊五原❹，路經沙磧❺。睹物悲歎。遂飲酒，與僕使並醉，因寢於沙磧。中宵❻半醒，月色皎然。聞沙中有女子悲吟曰：「雲鬟消盡轉蓬稀，埋骨窮荒無所依。牧馬不嘶沙月白，孤魂空逐雁南飛。」合遂起而訪，果有一女子，年猶未笄❼，容色絕代。語合曰：「某姓李氏，居於奉天。有姊嫁洛源鎮帥，因往省焉。道遭黨羌所虜，至此撾殺，劫其首飾而去。後為路人所悲，掩於沙內，經今三載。知君頗有義心，儻能為歸骨於奉天城南小李村，即某家枌榆❽耳。當有奉報。」合許之，請示其掩骼處。女子感泣告之。合遂收其骨，包於橐❾中。

伺旦，俄有紫衣大夫，躍騎而至。揖合曰：「知子仁而義，信而廉，女子啓祈，尚有感激❿。我李文悅尚書也⓫，元和十三年⓬，曾守五原，為大戎⓭三十萬圍逼，城池之四隅，兵各厚十數里，連弩灑雨，飛梯排雲，穿壁決濠，晝夜攻擊⓮。城中負戶而汲者，矢如蝟毛。當其時，禦捍之兵纔三千，激勵其居人婦女老幼，負土而立者，不知寒餒。犬戎於城北造獨腳樓，高數十丈，城中巨細，咸得窺之。某遂設奇計，定中其樓立碎。羌酋愕然，以為神功。又語城中人曰：「慎勿拆屋燒，吾且為汝取薪，積於城下，許人釣上⑮」。又天陰稍晦，即聞城之四隅，多有人物行動，聲言云「夜攻城耳。」城中懾慄⑯，不敢暫安。某曰：「不然。」潛以鐵索下燭而照之，乃空驅牛羊行脅其城。兵士稍安。又西北隅被攻摧十餘丈，將遇昏晦，群胡大喜，縱酒狂歌云：「候明晨而入。」某以馬弩五百張而擬之⑰，遂下皮牆障之。一夕，併工暗築，不使有聲，潑之以水。時寒，來日冰堅，城之瑩如銀，不可攻擊。又羌酋建大將之旗，乃贊普⑱所賜，立之於五花營內。某夜穿壁而奪之如飛，衆羌號泣。誓請還前擄掠之人，而贖其旗。縱其長幼婦女百餘人，得其盡歸，然後擲旗而還之。時邠涇救兵二萬人臨其境股慄不進。如此相持三十七日，羌酋乃遙拜曰：「此城內有神將，吾今不敢欺。」遂卷甲而去。不信宿達宥州，一晝而攻破其城，老少三萬人，盡遭擄去。以此利害，則余之功及斯城不細。但當時時相，賞罰無章，使余不得仗節出此城，空加一貂蟬耳。余聞鍾陵韋大夫⑲，舊築一隄，將防水潦。後三十年，尚有百姓及廉問周公，感其功而奏立德政碑峩然。若余當時守壁不堅，城中之人，盡為衆胡之賤隸，豈存今日子孫乎？知子有心，請白其百姓，諷其州尊，與立德政碑足矣。」言訖，長揖而退。

合既受教，就五原以語百姓及刺吏，俱以為妖，不聽，惆悵而返。

至沙中，又逢昔日神人謝合曰：「君為言五原無知之俗，刺史不明，此城當有大災，方與祈求幽府。吾言於五原之事不諧，此意亦息，其禍不三旬而及矣。」言訖而沒。

果如期，災生，五原城饉死萬人，老幼相食。合挈骸至奉天，訪得小李村而葬之。明日道側，合遇昔日之女子來謝而言曰：「感君之義，吾大父乃貞元中得道之士，有演參同契、續混元經，子能窮之，龍虎之丹，不日而成矣。」合受之，女子已沒。合遂捨舉，究其玄微，居於少室，燒之一年，能使瓦礫為金寶。二年，能起斃者；三年，餌之能度世。今時有人遇之於嵩嶺耳。

校志

一、本文依據《太平廣記》卷三百四十七與世界四部刊要本《傳奇》校錄，予以分段，並加註標點符號。

二、「因寢於沙磧中宵半醒」句，疑遺漏一「中」字：「因寢於沙磧中。中宵醒來。」較為通順。

三、商務《舊小說》第四集列此文，題目為〈趙合傳〉，作者闕名。

註釋

❶進士趙合——經地方考試及格而試於禮部者，都可稱進士《禮・王制》：「大樂正論造士之秀者，以告於王而升之司馬。曰『進士』。」這便是「進士」的由來。

❷貌溫氣直，行義甚高——言趙合其人，容貌溫和，為人直爽，行為合乎義。

❸大和——唐文宗年號，共九年，自西元八二七至八三五年。

❹五原——五原有幾處：一在今綏遠省內。一在今寧夏省內。唐詩：「五原春色舊來遲，二月垂楊未掛絲。即今河畔冰開日，正是長安花落時。」其地應近蒙古沙漠。

❺沙磧——即沙漠。唐詩：「青海戍頭空有月，黃沙磧裡本無春。」

❻中宵——夜半。

❼年猶未笄——女子十五而笄，即是說：「到了十五歲，頭髮要用竹笄梳起來。」表示可以出嫁了。未笄：即還沒有十五歲。

❽枌榆——鄉里。

❾橐——袋子，音駝。

❿女子啟祈，尚有感激——女子開口祈求，尚為感動。

⓫李文悅——《舊唐書》卷一百五十一〈高崇文傳〉載：「永貞元年冬，劉闢阻兵……八月，賊綿江柵將李文悅以三千人歸順。」《新唐書》卷一百七十〈高崇文傳〉也有載：「劉闢反……其將李文悅以兵三千自歸。」可見確有其人，尚書：唐節度使立有軍功，中央常給予尚書銜，甚至加「同中書門下平章事」銜為「名譽宰相」。

⓬元和十三年——元和，唐憲宗年號，共十五年，自西元八〇六至八二〇年。

⓭大戎——吐番在我國西北，昔稱西戎，即今之西藏。

⓮連弩灑雨，飛梯排雲，穿壁決濠，晝夜攻擊——弓箭連珠射出，雲梯高入雲中，牆壁打穿了，濠溝水決了。形容敵方攻城的激烈之狀。

⓯慎勿拆屋四句——「莫拆門板燒火，我們給你們換柴火，堆積城下。你們可把木材用鉤子從城上釣上去。」從前沒電、沒瓦斯，煮飯全靠木柴。故有此言。

⓰慴慄——怕得發抖。

⓱以馬弩五百張擬之——用強弓五百張瞄準。意謂：敵人一行動，便立即將弓箭射出。

⓲贊普——吐番稱君主為贊普。強雄為贊；丈夫為普。

⓳第三段中所提及之鍾陵韋大夫——韋丹，字文明，京兆萬年人，他是顏真卿的外孫。其事蹟見《新唐書》卷一百九十七〈循吏傳〉。

十六、顏濬

會昌中❶，進士顏濬，下第遊廣陵❷，遂之建業❸。賃小舟，抵白沙❹。同載有青衣❺，年二十許，服飾古朴，言詞清麗。濬揖之，問其姓氏。對曰：「幼芳，姓趙。」問其所適。曰：「亦之建業。」濬甚喜。每維舟❻，即買酒果與之宴飲，多說陳隋間事。濬頗異之，即正色斂衽❼不對。

抵白沙，各遷舟航，青衣乃謝濬曰：「數日承君深顧，某陋拙，不足奉歡笑；然亦有一事，可以奉酬。中元必遊瓦官閣，此時當為君會一神仙中人。況君風儀才調，亦甚相稱。望不踰此約❽！至時，某候於波。」言訖，各登舟而去。

濬誌其言。中元日，來遊瓦官閣。仕女闐咽❾。乃登閣，果有美人，從二女僕，皆雙鬟而有媚態。美人倚欄獨語，悲歎久之。濬注視不易，雙鬟笑曰：「敢措大❿收起眼！」美人亦訝之；又曰：「幼芳之言不謬⓫矣。」使雙鬟傳語曰：「西廊有惠鑒闍黎院⓬，則某舊門徒，君可至是，幼芳亦在波。」濬甚喜，躡其蹤而去。

果見同舟青衣，出而微笑。濬遂與美人敘寒暄，言語竟日，僧進茶果。至暮，（美人）謂濬曰：「今日偶此登覽，為惜高閣，病茲用功，不久毀除，故來一別，幸接歡笑⑬。某家在清溪，頗多松月。室無他人，今夕必相過。某前往，可與幼芳後來。」濬然之。遂乘軒而去⑭。

及夜，幼芳引濬前行，可數里而至，有青衣數輩，秉燭迎之。遂延入內室，與幼芳環坐，曰：「孔家娘子相鄰」，使邀之曰：「今夕偶有佳賓相訪，願同傾觴，以解煩憒。」少頃而至，遂延入。亦多說陳朝故事。濬因起白曰：「不審夫人復何姓第，頗貯疑訝⑮。」答曰：「某即陳朝張貴妃，彼即孔貴嬪。居世之時，謬當後主采顧⑯，寵幸之禮，有過嬪嬙。不幸國亡，為楊廣所殺。然此賊不仁可甚於劉禪孫皓，豈無嬪御⑰？獨有斯人，行此冤暴。且一種亡國，我後主實即風流，詩酒追歡，琴樽取樂而已；不似楊廣，西築長城，東征遼海，使天下男冤女曠，母寡子孤。途窮廣陵，死於匹夫之手，亦上天降鑒，為我報仇耳。」

孔貴嬪曰：「莫出此言！在座有人不欲。」美人大笑曰：「渾忘卻！」濬曰：「何人不欲斯言耶？」幼芳曰：「某本江令公家孌者⑱，後為貴妃侍兒。國亡之後，為隋宮御女。煬帝江都，為侍湯膳者。及化及⑲亂兵入，某以身蔽帝，遂為所害。蕭后憐某盡忠於主，因使殉葬吳公臺下。後改葬雷塘⑳側，不得從焉。時至此謁貴妃耳。」

孔貴嬪曰：「前說盡是閒事，不如命酒，略延昔日之歡耳！」遂命雙鬟持樂器，洽飲久之㉑。貴妃題詩一章曰：「秋草荒臺響夜蛩，白楊聲盡㉒感悲風。綵牋曾擘欺江總，綺閣塵清玉樹空。」

孔貴嬪曰：「寶閣排雲稱望仙，五雲高豔擁朝天。清溪猶有當時月，夜照瓊花綻綺筵。」

紛芳曰：「皓魄㉓初圓恨翠娥，繁華濃豔竟如何！兩㉔朝唯有長江水，依舊行人逝作波㉕。」

濬亦和曰：「蕭管清吟怨麗華，秋江寒月倚窗斜。慚非後主題牋客，得見臨春閣上花。」

俄聞叩門曰：「江脩容，何婕妤，袁昭儀。來謁貴妃。」曰：「竊聞今夕佳賓幽會，不免輒窺盛筵。」俱豔其衣裾。明其璫珮而入坐。既見四篇，捧而泣曰：「今夕不意再逢三閣㉖之會，又與新狎客㉗題詩也。」

頃之，聞鷄鳴，孔貴嬪等俱起，各辭而去。濬與貴妃就寢，欲曙而起。貴妃贈辟塵犀簪一枚曰：「異日睹物思人，昨宵值客多，未盡歡情；別日更當一小會。然須諮祈幽府。」嗚咽而別。

濬翌日懵然若有所失，信宿，更尋曩日地，則近清溪，松檜丘墟。詢之於人，乃陳朝宮人墓。濬慘惻而返。數月，閣因寺廢而毀28。後至廣陵，訪得吳公臺煬帝舊陵，果有宮人趙幼芳墓，因以酒奠之。

校志

一、明鈔本《廣記》卷三百五十載此篇，註「出《傳奇》」。《類說》卷三十二無節錄此文。世界本《傳奇》、商務本《舊小說》第五冊《傳奇》均無收入。王夢鷗先生認此篇應屬《傳奇》文字。

二、本文據《太平廣記》卷三百五十校錄，予以分段，並加註標點符號。

三、括弧中字係編者擅加，以圖文句之流暢。

註釋

❶會昌中——會昌、唐武宗年號，共六年。自西元八四一至八四六年。

❷進士顏濬，下第遊廣陵——顏濬，雖受保舉參加進士試，卻落了榜，到揚州（廣陵）遊玩散心。

❸遂之建業——乃去金陵。建業、三國時，孫權改秣陵為建業。故城在今南京市南。

❹賃小舟，抵白沙——租了小船，到白沙。白沙不知係何處。江蘇儀徵有一處曰白沙。

❺青衣——古稱婢女曰青衣。

❻維舟——維舟，把船繫起來。即停靠之意。

❼斂衽——整頓衣裳。「異之」之下疑有脫字。

❽望不踰此約——請莫要不踐約。

❾仕女闐咽——闐：盛滿於門中之貌。極謂男女遊客眾多之意。

❿敢措大——敢措即醋大，稱士人，酸溜溜的。如窮措大。憨措大。憨、癡也。

⓫幼芳之言不繆矣——幼芳的話沒有錯。繆、誤。

⑫闍黎院——闍黎、高僧之足以為他僧之模範者曰闍黎。梵語。

⑬今日偶此登覽五句——似預言闍之「闍因寺廢而毀。」（見本文最後一段結尾之語。）

⑭乘軒而去——軒、車之通稱。

⑮不審夫人復何姓第，頗貯疑訝——不知夫人姓字排行，頗有疑問。訝、驚奇。

⑯陳朝張貴妃、孔貴嬪——張麗華。孔貴嬪不知其名。張、孔二人得後主陳叔寶之寵，其勢「薰灼四方。大臣執政，亦從風而靡。閹宦便佞之徒，內外交結，賄賂公行，賞罰無常，綱紀瞀亂矣！」（《陳書》卷七〈史臣曰〉。）

⑰劉禪、孫皓，豈無嬪御？——《類說》作「昔劉禪亦有后妃，魏君不罪。孫皓豈無嬪御，晉帝不誅。」似是原文。原《廣記》此篇有題無文。明鈔本予以補入，可能抄錄時有所遺漏。《類說》中之語，似係原文，應予加入。

⑱嬖者——受寵愛之人。江令：尚書令江總。

⑲化及——宇文化及。煬帝即為所弒，時化及為許公，弒帝立秦王浩。不久又弒浩自立，稱許帝。

⑳煬帝死葬雷塘，唐詩：「君王忍把平陳業，只換雷塘數畝田？」

㉑洽飲久之——洽、歡洽。融洽。

❷❷白楊聲盡——《類說》作「白楊凋歇。」《全唐詩》作「凋盡」。

❷❸皓魄——《全唐詩》作「素魄」。

❷❹兩朝——《類說》和《全唐詩》作「南朝」。

❷❺依舊行人逝作波——此語不通。《類說》作「依舊人間作逝波。」《全唐詩》作「依舊門前作逝波」。都比較順當。

❷❻三閣——陳後主為張麗華等建三閣，檀香木為樑柱，極其豪華。每有風起，香聞數里。後來：「陳宮興廢事難期，三閣惟餘綠草基。」（唐詩）

❷❼狎客——陳後主找一些文學之官和麗華等妃嬪詩酒為樂。把這些男士們稱為「狎客」

❷❽閣因寺廢而毀——唐武宗會昌滅法，燒廢了很多寺廟。廟燬了，閣也就沒有了。

十七、韋自東

貞元❶中，有韋自東者，義烈之士也。嘗遊太白山❷，棲止段將軍莊。段亦素知其壯勇者，一日，與自東眺望山谷，見一逕甚微，若舊有行跡。自東問主人曰：「此何詣也？❸」段將軍曰：「昔有二僧，居此山頂。殿宇宏壯，林泉甚佳。蓋唐開元中萬迴師弟子之所建也。似驅役鬼工，非人力所能及。或問樵者，說其僧為怪物所食，今絕蹤二三年矣。又聞人說，有二夜叉於此山，亦無人敢窺焉。」

自東怒曰：「余操心在平侵暴❹，夜叉❺何類而敢噬人。今夕必挈夜叉首至於門下。」將軍止之。自東不顧，曰：「暴虎憑河，死而無悔。」仗劍奮衣而往，勢不可遏❻。將軍悄然曰：「韋生當其咎耳。」

自東捫蘿躡石❼至精舍，悄寂無人。睹二僧房，大敞其戶，履錫俱全❽，衾枕儼然，而塵埃凝積其上。又見佛堂內細草茸茸，似有巨物偃寢之處。四壁多掛野彘玄熊❾，或庖炙之餘❿，亦有鍋鑊薪柴⓫。自東乃知樵者之言不謬耳。度其夜叉未至，遂拔柏樹，逕大如椀⓬，去枝葉為大杖。扃⓭其戶，以石佛拒之。是夜，月白如晝，夜未分，夜叉挈鹿而至⓮。怒其扃鐍⓯，大叫，以首觸戶，折其石佛而踣⓰於地。自東遂以柏樹撾⓱其腦，再舉而斃之。拽之入室，又闔其扉⓲。頃之，復有夜叉繼至，似怒前歸者不接已。亦哮吼觸其扉，復踣於戶閾⓳，又撾之，亦死。自東知雌雄已殞，應無儕類，遂掩關烹鹿而食。及明，斷二夜叉首，挈餘鹿而示段。段大駭曰：「真周處⓴之儔矣。」乃烹鹿飲酒盡歡，遠近觀者如堵。

有道士出於稠人中㉑，揖自東曰：「某有衷懇，欲披告於長者，可乎？」自東曰：「某一生濟人之急，何為不可。」

道士曰：「某棲心道門，懇志靈藥，非一朝一夕耳。三二年前，神仙為吾配合龍虎丹一爐，據其洞而修之有日矣。今靈藥將成，而數有妖魔入洞，就爐擊觸，藥幾廢散，思得剛烈之士，仗劍衛之。靈藥倘成，當有分惠。未知能一行否？」

自東踴躍曰：「乃平生所願也。」遂仗劍從道士而去。濟險躡峻㉒，當太白之高峰。將半，有一石洞，可百餘步，即道士燒丹之室，唯弟子一人。道士約曰：「明晨五更初，請君仗劍當洞門而立。見有怪物，但以劍擊之。」自東曰：「謹奉教。」迺立燭於洞門外以伺之。

俄頃，果有巨虺長數丈，金目雪牙，毒氣氤鬱，將欲入洞[23]。自東以劍擊之，似中其首，俄頃若輕霧而化去。

食頃，有一女子，顏色絕麗，執芰荷之花，緩步而至。自東又以劍拂之，若雲氣而滅。

食頃，將欲曙。有道士乘雲駕鶴，導從甚嚴，勞自東曰：「妖魔已盡，吾弟子丹將成矣，吾當來為證也。」盤旋候明而入，語自東曰：「喜汝道士丹成，今有詩一首，汝可繼和。」詩曰：「三秋稽顙叩真靈，龍虎交時金液成。絳雪既凝身可度，蓬壺頂上彩雲生。」

自東詳詩意曰：「此道士之師。」遂釋劍而禮之，俄而突入，藥鼎爆裂，更無遺在。道士慟哭，自東悔恨自咎[24]而已。二人因以泉滌其鼎器而飲之。自東後更有少容，而適南岳，莫知所止。今段將軍莊，尚有夜叉骷髏見在，道士亦莫知所之。

校志

一、本文依據《廣記》卷三百四十七、世界四部刊要本《傳奇》、《類說》卷三十二諸書校錄，予以分段，並加註標點符號。

二、本文末道士詩見《全唐詩》十二函七冊，題曰：「太白山魔誑道士詩」。

三、此文情節，與李復言《續玄怪錄》中之〈杜子春〉、薛漁思《河東記》中之〈蕭洞玄〉等，都有相似。與段成式《酉陽雜俎》中之〈顧玄序〉亦有相通處。王夢鷗先生《唐人小說研究》第四集上篇三〈宣室記與河東記〉章下云：「實同出於《大唐西域記》。」甚有可能。

四、第七段「藥幾廢散。」王夢鷗先生疑「廢」為「潑」字。

註釋

❶貞元——唐德宗年號，共二十年。

❷太白山——有數處，一為秦嶺之太乙山；一在浙江鄞縣天童山之西；一在河南。吉林之長白山亦名太白山。

❸此何詣也？——此徑通向何處？

❹余操心在平侵暴——我存心要打擊侵犯和暴力的行動。

❺夜叉——梵語，意為「捷疾鬼」，一在地，二在虛空，三天夜叉也。
❻勢不可遏——遏：止，即擋不住。
❼捫蘿躡石——抓住藤蘿，蹈足岩石而行。躡：蹈也，輕步而行，躡手躡足。
❽履錫俱全——有鞋子，有僧人用的錫杖。
❾野彘玄熊——野豬黑雄。
❿庖炙之餘——剩下的食物，廚餘。
⓫鍋鑊薪柴——鑊：鼎大而無足者曰鑊，鍋子柴薪都全。
⓬椀——小盂，盛飲食之物，大約和飯碗差不多大小。
⓭扃——扃其戶，把門鎖上。扃：音ㄐㄩㄥ。
⓮挈鹿而至——挈：音怯，拿了鹿回來。
⓯扃鐍——鐍：音絕，有舌的金屬環。
⓰踣——跌倒。
⓱撾——敲擊。
⓲拽之入室，又闔其扉——把屍體拖進屋，關上門。
⓳戶閾——閾：音域，門限。

⑳周處——晉代陽羨人。少時無惡不作，鄉人恨之入骨，把他比作南山上的老虎，長橋下的蛟，稱為三害。周處後覺悟了，上山殺死老虎，入水斬了蛟龍。自己奮發上進。官至御史中丞。齊萬年反，他奉命西征。力戰而死。

㉑出於稠人中——出於人群中。

㉒濟險躡峻——渡過險惡的水，走過高竣的山。

㉓果有巨虺五句——果然有一條大虺（蛇類，音卉。）金睛白牙，遍身毒霧，想要進山洞。

㉔自咎——咎：音救，罪過、責怪。自咎：自責。

十八、盧涵

開成中❶，有盧涵學究❷，家於洛下。有莊於萬安山之陰❸。夏麥既登❹，時果又熟，遂獨跨小馬造其莊。

去十餘里，見大柏之畔，有新潔室數間，而作店肆。時日欲沉，涵因憩焉。睹一雙鬟，甚有媚態。詰之。云：「是耿將軍家守塋青衣❺，父兄不在。」涵悅之。與語，言多巧麗，意甚虛襟❻。盼睞明眸❼，轉資態度。謂涵曰：「有少許家醞，郎君能飲三兩杯否？」

涵曰：「不惡。」

遂捧古銅罇而出，與涵飲，極歡。

青衣遂擊席而謳❽，送盧生酒。曰：「獨持巾櫛掩玄關，小帳無人燭影殘。昔日羅衣今化盡，白楊風起隴頭寒。」

涵惡其詞之不稱。但不曉其理。酒盡，青衣謂涵曰：「更與郎君入室添杯去。」秉燭挈罇而入❾。

涵躡足窺之❿，見懸大烏蚍⓫，以刀刺蚍之血，滴於罇中，以變為酒。

涵大恐慄⓬，方悟怪魅⓭，遂出戶，解小馬而走。

青衣連呼數聲曰：「今夕事須留郎君一宵，且不得去。」知勢不可，又呼：「東邊方大，且與我趁取遮郎君！⓮」

俄聞柏林中有一大漢應聲甚偉。須臾回顧，有物如大枯樹而趨，舉足甚沉重。相去百餘步。

涵但疾加鞭。又經一小柏林，中有一巨物，隱隱雪白處。有人言云：「今宵必須擒取此人。不然者，明晨君當受禍。」

涵聞之愈怖怯。及莊門，已三更。扃戶闃然⓯，唯有數乘空車在門外。群羊方咀草次⓰更無人物。

涵棄馬潛跧⓱於車箱之下。窺見大漢逕抵⓲。門牆極高，只及斯人腰跨⓳。手持戟，瞻視莊內。遂以戟刺莊內小兒。但見小兒手足撈空於戟之巔⓴，只無聲耳。良久而去。

涵度其已去遠，方能起扣門。莊客乃啓關。驚涵之夜至。喘汗而不能言㉑。

及旦，忽聞莊院內客哭聲云：「三歲小兒，因昨宵寐，而不蘇矣㉒。」涵甚惡之。遂率家僮及莊客十餘人，持刀斧弓矢而究之。但見夜來飲處，空逃戶環，屋數間而已㉓。更無人物。遂搜柏林，見一大盟器婢子㉔，高二尺許，傍有烏虵一條，已斃。又東畔柏林中見一大方相骨㉕。遂俱毀拆而焚之。尋夜來白物而言者，即是人白骨一具。肢節筋綴而不欠分毫。鍜㉖以銅斧，終無缺損。遂投之於塹㉗而已。

涵本有風疾，因飲虵血而愈焉。

校志

本文依照世界書局本《傳奇》與《太平廣記》卷三七二校錄，予以分段，並加標點符號。

註釋

❶開成——唐文宗年號，共五年，自西元八三六至八四〇年。

❷學究——唐時應「學究一經科」考試者曰學究。

❸有莊於萬安山之陰——在萬安山北有一座收藏谷物的莊子。
❹登——成熟。
❺耿將軍青衣——耿將軍家的婢女。古時賤者服青衣，後世因以「青衣」為稱婢女之詞。
❻意甚虛襟——虛襟：此二字費解，可能是當時俗語。
❼盼睞明眸——曹植〈洛神賦〉：「明眸善睞。」盼：動眼睛。睞：視也，明亮的眼珠子轉動。
❽謳——徒歌曰謳。謳：清唱。
❾秉燭挈罇而入——手持蠟燭，拿著酒樽入內去。
❿躡足窺之——輕手輕腳的跟著偷看。
⓫大烏虵——虵：蛇俗字。大烏虵：大黑色的蛇。
⓬恐慄——恐：害怕。慄：戰懼。恐慄：怕得發抖。
⓭方悟怪魅——方想到是妖怪鬼魅。魅：怪物。
⓮趁取遮郎君——遮：遏止。趕快止住那位先生吧。
⓯扃戶闃然——扃、外閉之關。闃、靜也。扃戶闃然：門靜靜的關著。
⓰群羊方咀草次——一群羊子正在咀嚼草料。次：有「正在」的意思。
⓱跧——伏也。

⑱窺見大漢徑抵——看見大漢一直來到。

⑲腰跨——跨：胯也，即大腿。只及斯人腰跨：門牆雖高，才夠得上此人的腰股之際。

⑳手足撈空於戟之巔——小兒被刺在戟上，兩手兩腳在空中舞動，卻發不出聲來。

㉑喘汗而不能言——氣喘、出汗，卻說不出話來。

㉒因昨宵寐，而不蘇矣——因為昨夜睡覺，不能甦醒過來了！

㉓空逃戶環，屋數間而已——只有門環掛著，人已逃去，空屋數間而已。

㉔大盟器婢子——結盟誓用的假人，作婢女狀。

㉕大方相骨——方相：古來雕塑成神像用以驅逐瘟疫者或用以送葬。

㉖鍛——擊破。鍛以銅斧：用銅斧來擊破之。

㉗塹——溝。

十九、陳鸞鳳

元和❶中，有陳鸞鳳者，海康❷人也。負氣義，不畏鬼神，鄉黨咸呼為後來周處❸。海康有雷公廟。邑人虔潔祭祀，禱祝既淫，妖妄亦作❹。邑人每歲聞新雷日，記某甲子，一旬復值斯日，百工不敢動作，犯者不信宿❺必震死，其應如響❻。

時海康大旱，邑人禱而無應。鸞鳳大怒曰：「吾之鄉，乃雷鄉也。為神不福，況受人奠酹如斯❼，稼穡既焦，陂池已涸，牲牢饗盡，焉用廟為❽！」遂秉炬爇之❾。其風俗，不得以黃魚彘肉相和，食之亦必震死❿。是日，鸞鳳持竹炭刀，於野田中，以所忌物相和啖之，將有所伺。果怪雲生，惡風起，迅雷急雨震之，鸞鳳乃以刀上揮，果中雷左股而斷。雷墮地，狀類熊猪，毛角肉翼青色。手執短柄剛石斧，流血注然⓫，雲雨盡滅。

鸞鳳知雷無神，遂馳赴家，告其血屬曰：「吾斷雷之股矣，請觀之。」親愛愕駭，共注視之。果見雷折股而已。又持刀欲斷其頸，齧其肉，為群衆共執之曰：「霆是天上靈物，爾為下界庸人，輒害雷公，我一鄉必受禍。」衆捉衣袂，使鸞鳳奮擊不得。遂逡巡⓬，復有雲雷。哀其傷者和斷股而去。雖然雲雨自午及酉，涸苗皆立矣，遂被長幼共斥之，不許還舍。於是持刀行二十里，詣舅兄家。及夜，又遭霆震，天火焚其室。復持刀立於庭，雷終不能害。旋有人告其舅兄向來事，又為逐出。復往僧室，亦為霆震焚爇如前。知無容身處，乃夜秉炬，入於乳穴嵌孔之處。後雷不復能震矣，三暝，然後返舍。

自後海康每有旱，邑人即醵金與鸞鳳⓭，請依前調二物食之，持刀如前，皆有雲雨滂沱⓮，終不能震。如此二十餘年。俗號鸞鳳為雨師。

至大和⓯中，刺史林緒知其事，召至州。詰其端倪，鸞鳳云：「少壯之時，心如鐵石。鬼神雷電，視之若無當者。願殺一身，請蘇萬姓，即上玄焉能使雷鬼騁其凶臆⓰也？」遂獻其刀於緒，緒厚酬其值。

校志

一、本文據《廣記》卷三百九十四、世界四部刊要本《傳奇》及商務萬有文庫《舊小說》第五集《傳奇》校錄，予以分段，並加註標點符號。

二、第二段之「海康者」者字似衍，經予刪去。第三段之不得「以黃魚」，原為「與」黃魚。因改，末段之「厚酬其值」，此語無主詞，因加「緒」於其前。

註釋

❶元和中——《廣記》作「唐元和中」，「唐」字乃宋人輯《廣記》時加上，應予刪去。元和是唐憲宗年號，共十五年。

❷海康——屬廣東，清代為雷州府治。

❸後來周處——周處，晉代楊羨人。膂力絕倫，縱情肆欲，里人患之。稱他和南山猛虎、長橋蛟龍為三害。後周處上山殺虎，入水除蛟。勵志為善，改邪歸正，累官至御史中丞。

❹禱祝既淫，妖妄亦作——淫：過分。過分的崇拜，不免產出妖妄。

❺不信宿——再宿曰信。連過兩夜叫信宿。

❻其應如響——好像拍桌子，馬上會響。一定見效的意思。

❼受人奠酹如斯——受到人們如此的拜奠。以酒沃地曰酹。

❽稼穡既焦，陂池已涸，牲牢饗盡，焉用廟為——種曰稼；斂曰穡。作物因旱而焦枯了，池塘都乾了，拜祭的犧牲品都由神饗用完了（卻沒有雨），要廟何用？

❾遂秉炬爇之——便拿火把把（廟）給燒了。

❿不得以黃魚彘肉相和——不可以把黃魚和豬肉煮在一起吃，否則會被雷打死。

⓫流血注然——流血如注。

⓬逡巡——須臾。

⓭醵金與鸞鳳——收聚眾人之錢給鸞鳳。

⓮雲雨滂沱——滂沱：傾盆大雨。

⓯大和——文宗年號，共九年，從元和中到大和中，大約有十二年。

⓰騁其凶臆——騁：任意奔放。臆：心意。放膽作惡，任意行凶。

二十、江叟

開成❶中，有江叟者，多讀道書，廣尋方術，善吹笛，往來多在永樂縣靈仙閣。時沉飲酒，適閿鄉，至盤豆館東官道大槐樹下醉寢。

及夜艾❷稍醒。聞一巨物行聲，舉步甚重。叟闇窺之，見一人，崔嵬高數丈❸，至槐側坐，而以毛手捫叟曰：「我意是樹畔鋤兒，乃瓮邊畢卓耳❹。」遂敲大樹數聲，曰：「可報荊館中二郎，來省大兄。」

大槐乃語云：「勞弟相訪。」似聞槐樹上有人下來與語。

須臾，飲酌之聲交作。

荊山槐曰：「大兄何年拋卻兩京道上槐王耶？」

大槐曰：「我三甲子❺，當棄此位。」

荊山槐曰：「大兄不知老之將至，猶顧此位。直須至火入空心，膏流節斷❻，而方知退，大是無厭之士！何不如今因其震霆，自拔於道，必得為材用之木，構大廈之梁棟，尚存得重重碎錦，片片真花❼。豈他日作朽蠹之薪，同入爨為煨燼耳❽。」

大槐曰：「雀、鼠尚貪生，吾焉能辨此事邪！」

槐曰：「老兄不足與語。」告別而去。

及明，叟方起。數日至闃鄉荊山中，見庭槐森聳，枝幹扶疏❾，近欲十圍，如附神物。遂伺其夜，以酒脯奠之云：「某昨夜，聞槐神與盤豆官道大槐王論語云云。某臥其側，並歷歷記其說。今請樹神與我言語。」

槐曰：「感子厚意，當有何求？殊不知爾夜爛醉於道，夫乃子邪？」

叟曰：「某一生好道，但不逢其師。樹神有靈，乞為指教。使學道有處，當必奉酹❿。」

槐神曰：「子但入荊山，尋鮑仙師。脫得見⓫之，或水陸之間必獲一處度世。蓋感子之請，慎勿泄吾言也。君不憶華表⓬告老狐，禍及余矣。」

叟感謝之。明日遂入荊山，緣巖循水，果訪鮑仙師。即匍匐而禮之⓭。

師曰：「子何以知吾而來師也？須實言之。」叟不敢隱，具陳荊山館之樹神言也。

仙師曰：「小鬼焉敢專輒指人！未能大段誅之，且飛符殘其一枝。」

叟拜乞免，仙師曰：「今不誅，後當繼有來者。」遂謂叟曰：「子有何能。一一陳之。」

叟曰：「好道，癖於吹笛。」仙師因令取笛而吹之。

仙師歎曰：「子之藝至矣！但所吹者，枯竹笛耳。吾今贈子玉笛，乃荊山之尤者。但如常笛吹之，三年，當召洞中龍矣。龍既出，必銜明月之珠而贈子。子得之，當用醍醐⓮煎之三日，凡小龍已腦痛矣，蓋相感使其然也。小龍必持化水丹而贖其珠也，子得當吞之，便為水仙，亦不減萬歲。無煩吾之藥也，蓋子有琴高⓯之相耳。」仙師遂出玉笛與之。

叟曰：「玉笛與竹笛何異？」

師曰：「竹者青也，與龍色相類，能肖之吟，龍不為怪也。玉者白也，與龍相 。忽聽其吟，龍怪也，所以來觀之。感召之有能變耳，義出於玄。」叟受教乃去。

後三年，方得其音律。後因之岳陽，刺史李虞館之。時大旱，叟因出笛，夜於聖善寺經樓上吹，果洞庭之渚，龍飛出而降雲，繞其樓者不一。遂有老龍，果銜珠贈叟。叟得之，依其言而熬之二晝。果有龍化為人，持一小藥合，有化水丹匍匐請贖其珠。叟乃持合而與之珠。餌其藥，遂變童顏，入水不濡⓰。凡天下洞穴，無不歷覽。後居於衡陽，容髮如舊耳。

校志

一、本文依據世界書局四部刊要本《傳奇》、商務《舊小說》與古新《太平廣記》諸書校錄，加上標點符號，並與分段。

二、《類說》卷三十二亦有此文，惟僅二百餘字。只有本文百分之二十強。而其中仍有些話本文無有。可能本文也不完整。仍有遺漏。只是無法知道全貌了！

三、第五段：「大兄何年拋卻兩京道上愧王耶？」上列三書「耶」均作「耳」，王夢鷗先生《唐人小說研究》認是「耶」字。應該是「耶」字。

註釋

❶開成——文宗年號，共五年，自西元八三六至八四〇年。

❷夜艾——艾是久的意思。夜艾：夜深。

❸崔嵬——高大。本形容山的高峻。

❹鉏兒、畢卓——「鉏兒」：《類說》作「鉏麑」。《左傳》宣公二年，晉靈公不道，趙盾常諫。靈公派鉏麑行刺。其時黎明，盾盛服將朝，為時尚早，乃坐而假寐。鉏麑看見趙盾恭敬莊嚴的樣子，不忍下手。可君命又不能違背。因而觸槐自殺而死。畢卓：《晉書》卷四十九本傳載：「卓少放達，太興末為吏部郎。常酗酒廢職。比舍郎釀熟，卓因醉，夜至其甕間盜酒，為掌酒者所縛。明旦視之，乃畢吏部。乃釋其縛。」樹神提起春秋晉靈公時和晉朝的事，表示他的年紀非常之大了。瓮：此字不見一般字典中，應該是酒甕的意思。

❺三甲子——一甲子為六十年，三甲子為一百八十年。

❻火入空心，膏流節斷——謂樹木被雷霹而起火，樹液橫流，枝椏斷裂。

❼為材用之木四句——（雖然因雷而自行拔起），整塊樹幹，可為材用，作為大廈的棟梁。殘枝仍像零金碎玉，永存人間。

❽作朽蠹之薪，同入爨為煨燼耳——一旦枯朽蟲蛀，淪為薪柴，在灶中化為灰燼。煨燼：灰燼。

❾至閿鄉荊山三句——到了閿鄉縣的荊山，看到直直的大槐樹，樹幹高聳，枝葉茂盛。森：茂盛。扶疏：枝柯四布，枝柯繁茂。閿：音文，閿鄉在安徽，荊山也在安徽。

❿奉酧——酧：酬，言「奉上酬謝」。

⓫脫：或然之詞。脫得：假若。

⓬華表——古時架設華表，以識衢路。如今日之「路標」。

⓭匍匐而禮之——匍匐：手足著地而向前爬行。

⓮醍醐——酪之精者也。《涅槃經》云：「從牛出乳，從乳出酪，從酪出酥，從生酥出熟酥，從熟酥出醍醐。醍醐最上。」

⓯琴高——周末趙人，或謂漢人，修煉得道，乘赤鯉升天。見《清一統志》又見《列仙傳》。

⓰入水不濡——進到水裡，水不能沾濕。

二十一、周邯

周邯（《太平廣記》）

唐周邯自蜀沿流，嘗市得一奴。名曰水精，善於探水。乃崑崙白水之屬也。邯疑瞿塘之深，命水精探之。移時方出，云：「其下有關，不可越渡。」但得金珠而已。每遇深水潭洞，皆命奴探之。多得寶物。聞汴州八角井多有龍神，時有異乎出於井面。欲使水精探之，而猶豫未果。其友邵澤有利劍。常自神之。併劍授奴，遣之入井。邯與澤於外以候之，悄然經久，忽見水精高躍出井。未及投岸，有大金手拏之復入。劍與奴自此並失。邯悲其水精，澤恨其寶劍。終莫窮其事。他日，有人謂邯曰：「此井乃龍神所處，水府靈司，豈得輒犯？可祭而謝之。」邯乃祭謝而去。

按：《太平廣記》二百三十二載此文。後註：「出《傳奇》。」卷四二一也有〈周邯〉一篇，字數約八百，較之本篇約二百五十字，多三倍有餘。而故事和袁郊所著《甘澤謠》中之〈陶峴〉極其相似。

周邯（《傳奇》）

貞元❶中，有處士❷周邯，文學豪俊之士。因夷❸人賣奴，年十四五，視其貌，甚慧黠，言善入水，如履平地；令其沈潛❹，雖經日移時，終無所苦。云蜀之溪壑潭洞，無不屆❺也。邯因買之，易其名曰水精，異其能也❻。

邯自蜀乘舟下峽，抵江陵。經瞿塘灩澦，遂令水精沉而視其邃遠❼。水精入。移時而出，多探金銀器物。邯喜甚，每艤船於江潭❽，皆令水精沉之，復有所得。沿流抵江都，經牛渚磯，古云最深處，是溫嶠燃犀照水怪之濆❾。又使沒入，移時，復得寶玉。云甚有水怪，莫能名狀，皆怒目戟手❿，身僅免禍。因茲，邯亦至富贍⓫。

後數年，邯有友人王澤，牧相州⓬，邯適河北而訪之。澤甚喜，與之遊宴，日不能暇。因相與至州北隅八角井。天然盤石，而甃成八角焉⓭。闊可三丈餘，旦暮煙雲蓊鬱⓮。漫衍百餘步⓯，晦夜有光，如火紅射出千尺，鑒物若晝。古老相傳，云有金龍潛其底，或亢陽⓰禱之，亦甚有應。

澤曰：「此井應有至寶，但無計而究其是非耳。」

邯笑曰：「甚易。」遂命水精曰：「汝可與我投此井到底，看有何怪異，澤亦當有所賞也。」

水精已久不入水，忻然⓱脫衣沉之。良久而出語邯曰：「有一黃龍極大，鱗如金色，抱數顆明珠熟寐。水精欲劫之，但手無刃，憚其龍忽覺，是以不敢觸。若得一利劍，如龍覺，當斬之無憚也。」

邯與澤大喜。澤曰：「吾有劍，非常之寶也。汝可持往而劫之。」

水精飲酒仗劍而入，移時，四面觀者如堵，忽見水精自井面躍出數百步。續有金手亦長數百尺，爪甲鋒穎⓲。自空拏攫水精，卻入井去。左右懾慄⓳，不敢近睹。

但邯悲其水精，澤恨失其寶劍。

逡巡⓴有一老人，身衣褐裘㉑，貌甚古朴，而謁澤曰：「某土地之神，使君何容易而輕其百姓㉒！此穴金龍，是上玄使者，宰其瑰璧，澤潤一方㉓。豈有信一微物，欲因睡而劫之？龍忽震怒，作用神化，搖天關，擺地軸，搥山岳而碎丘陵，百里為江湖，萬人為魚鼈，君之骨肉焉可保？昔者鍾離不愛其寶㉔，孟嘗自返其珠㉕，子不之效，乃肆其貪婪之心。縱使猾勒之徒㉖，取寶無憚，今已豬其軀而鍛其珠矣。㉗」

澤赧恨㉘，無詞而對。又曰：「君須火急悔過而禱焉，無使甚怒耳」。老人倏去㉙。澤遂具牲牢奠之㉚。

校志

一、本文據《太平廣記》卷四百二十二、世界四部刊要本《傳奇》及商務萬有文庫《舊小說》卷五〈傳奇〉校錄，予以分段，並加註標點符號。

二、第一段「沈」，《舊小說》與廣記均作「沉」。以「沉」為是。

三、《廣記》卷二百三十二之〈周邯〉似錄自《類說》而卷四百二十二之〈周邯〉可能是錄自原書。

註釋

❶貞元——唐德宗年號，共二十年。

❷處士——通常稱有學識但未出仕之士人。

❸夷人——古時，東方的異族稱夷人。

❹沉潛——潛水。

❺，無不居也——居：到。沒有不到的。

❻異其能也——異在此為動詞。「以其能為異」。

❼視其邃遠——探測它的深度。

❽艤船於江潭——艤：移船靠岸。

❾溫嶠燃犀照水怪之濱——《晉書》卷六十七〈溫嶠傳〉：「嶠回武昌，至牛渚磯，水深不可測。世云其下多怪物。嶠遂燬犀角而照之。須臾，見水族覆火，奇形異狀。或乘馬車著青衣者。」——當夜夢見有人相告：「我們和你幽明道別，為什麼相照？」溫嶠覺得很不爽。回到武昌任所，不旬日，中風而死。

❿怒目戟手——怒目而視，用手指著罵。

⓫富贍——富：富有。贍：贍足。即有錢了。

⓬牧相州——為相州牧，為相州的地方長官。牧在此為動詞，治理相州。

⓭甃成八角——甃：聚磚砌成的建築物，井的四周的牆，音宙。

⓮煙雲蓊鬱——蓊鬱：通常指草木茂盛貌。左思〈蜀都賦〉：「松柏蓊鬱於山峰。」

⓯漫衍——漫：瀰漫。衍：延而長、延而廣曰衍。

⓰亢陽——大旱。亢：過分。太陽太過分，便是大旱。亢陽時向此井禱告，甚有應，即應禱而下雨。

⓱忻然——欣然。

⓲爪甲鋒穎——鋒利。穎：錐鋩也。

⓳慑慄——怕得發抖。

⓴逡巡——本是徘徊不進的意思。此處說須臾之間。

㉑褐裘——褐色的毛皮衣。

㉒何容易而輕其百姓——容易在此為「輕易」之意。

㉓宰其瑰璧，澤潤一方——保有他的寶物珍貴的玉璧。主持雨水以潤澤一方土地。

㉔鍾離不愛其寶——鍾離意後漢顯宗時的尚書。交趾太守張恢貪污伏法，詔以寶物賜群臣。鍾離意不受。他說：「孔子雖渴，卻拒喝盜泉之水。曾了看見名「勝母里」的地名便不肯進入。這些貪官遺下的寶物，臣不願取。」

㉕孟嘗自返其珠——《後漢書・孟嘗傳》：「孟嘗遷合浦太守。合浦海出珠寶。其先宰守多貪穢，詭人採求，不知紀極，珠逐漸徙於交趾。於是行旅不至，人物無資，郡又不產稻穀，貧民死餓於道。孟嘗到官，革易前弊，求民病利。曾不一年，去珠復還。」

㉖肆其貪婪之心，縱使猾勒之徒——猾：狡猾，黠詐。勒：強迫。

㉗啗：音淡，吃。啗其軀：讓他的身體被吃掉了。

㉘赧——羞愧而面紅，音腩。

㉙老人倏去——老人忽然走了。

㉚具牲牢奠之——準備了祭祀用的牛（牢）來祭奠龍神。

二十二、五臺山池

五臺山北臺下，有龍池。約二畝有餘。佛經云：「禁五百毒龍❶之所。」每至亭午，昏霧暫開，比丘及淨行居士❷，方可一睹。比丘尼及女子近❸，即雷電風雨時大作。如近池，必為毒氣所吸，逡巡而沒。

校志

一、本文據《廣記》卷四百二十四校錄，並加註標點符號。

二、本文過於簡略，一如志怪，不類傳奇。姑據廣記所註，列入《傳奇》中，聊備讀者參考。

註釋

❶毒龍——《法苑珠林》：西方山中有池，毒龍居之。昔五百商人止宿池側，龍怒，泛殺商人。槃陀王婆羅門咒，就池咒龍，龍悔過向王。王乃捨之。」又：《涅槃經》：「但我住處有一毒龍，其性暴急，恐危害。」此處之「毒龍」，指意念、慾望。唐詩：「薄暮空潭曲，安禪制毒龍。」此處的毒龍，便是指慾望。

❷比丘及淨行居士——比丘：出家受具足戒者。和尚行為潔淨端正的信佛之徒。

❸比丘尼——女子出家受具足戒者之通稱。

❹逡巡而沒——須臾而死去。

二十三、馬拯

唐長慶中❶，有處士❷馬拯。性沖淡，好尋山水。不擇嶮峭，盡能躋攀❸。一日，居湘❹中，因之衡山❺祝融峰，詣伏虎師。佛室內道場嚴潔，果食馨香，兼列白金皿於佛榻上。見一老僧，眉毫雪色，朴野魁梧❻。甚喜拯來，使僕挈囊❼。僧曰：「假令僕使近縣，市少鹽酪❽。」拯許之。僕乃挈金下山去，僧亦不知去向。

俄有一馬沼山人，亦獨登此來。見拯甚相慰悅。乃謂拯曰：「適來道中，遇一虎食一人，不知誰氏之子。」說其服飾，乃拯僕夫也。拯大駭，沼又云：「遙見虎食人盡，乃脫皮，改服禪衣，為一老僧也。」拯甚怖懼，及沼見僧，曰：「只此是也。」

拯白僧曰：「馬山人來云，某僕使至半山路，已被虎傷，奈何！」僧怒曰：「貧道此境，山無虎狼，草無毒螫，路絕蛇虺。林絕鴟鴞❾。無信妄語耳。」拯細窺僧吻，猶帶殷血❿。

向夜，二人宿其食堂，牢扃其戶，明燭伺之。夜已深，聞庭中有虎，怒首觸其扉者三四。賴戶壯而不隳。二子懼而焚香，虔誠叩首於堂內土偶賓頭盧⑪者。良久，聞土偶吟詩曰：「寅人但溺欄中水，午子須分艮畔金。若教特進重張弩，過去將軍必損心。」二子聆之而解其意曰：「寅人，虎也；欄中即井。午子，即我耳。艮畔金，即銀皿耳。其下兩句未能解。」及明，僧叩門曰：「郎君起來食粥。」二子方敢啟關。食粥畢，二子計之曰：「此僧且在，我等何由下山？」遂詐僧云：「井中有異。」使窺之。細窺次，二子推僧墮井，其僧即時化為虎。二子以巨石鎮之而斃矣。二子遂取銀皿下山。近昏黑，而遇一獵人於道旁，張（弓咼）弓⑫，樹上為棚而居。語二子曰：「無觸我機。」兼謂二子曰：「去山下猶遠，諸虎方暴，何不且上棚來。」二子悸怖，遂攀緣而上。將欲人定⑬，忽三五十人過，或僧或道，或丈夫，或婦女，歌吟者，戲舞者，前至（弓咼）弓所，衆怒曰：「朝來被二賊殺我禪和，方今追捕之，又敢有人張我將軍。」遂發其機而去。

二子並聞其說，遂詰獵者。曰：「此是倀鬼⑭，被虎所食之人也，為虎前呵道耳。」二子因徵獵者之姓氏。曰：「名進，姓牛。」二子大喜曰：「土偶詩下句有驗矣。特進乃牛進也，將軍即此虎也。」遂勸獵者重張其箭，獵者然之。張畢登棚，果有一虎哮吼而至。前足觸機，箭乃中其三班，貫心而踣。

逡巡，諸倀奔走卻回，伏其虎，哭甚哀，曰：「誰人又殺我將軍。」二子怒而叱之曰：「汝輩無知下鬼，遭虎齧死⑮。吾今為汝報仇，不能報謝，猶敢慟哭。豈有為鬼不靈如是。」遂悄然。

忽有一鬼答曰：「都不知將軍乃虎也。聆郎君之說，方大醒悟。」蹵其虎而罵之，感謝而去。及明，二子分銀皿與獵者而歸耳。

校志

一、本文據《廣記》卷四百三十、世界四部刊要本《傳奇》及商務萬有文庫《舊小說》第四冊《傳奇》校錄，予以分段，並加註標點符號。

二、傳奇寫虎的故事很多，此篇情節曲折。其形容道場則云「道場整潔，果食馨香。」形容其地平安則云：「山無虎狼，草無毒螫，路絕蛇虺，林絕其鴟鴞。」的是裴鉶手法。

註釋

❶唐長慶中——長慶是穆宗的年號，「唐」字是編《太平廣記》的宋代朝臣加上去的。

❷處士——通常指未出仕的讀書人。

❸不擇嶮峭，盡能躋攀——嶮：峻。峭：山勢直立而險的樣子。不擇嶮峭，實際上是「不避嶮峭。」躋：用腳登上去。攀：用手攀援。手足並用而登上峭岩。

❹湘——湖南。

❺衡山——俗稱南嶽，在湖南，其最高之峰即祝融峰。

❻眉毫雪色，朴野魁梧——毫：細毛。眉毛雪白，樸實卻有點野，身材高大。

❼挈囊——拿行囊。

❽假令僕使近縣市少鹽酪——令僕，如稱人之子叫令郎，女叫令嬡。假：借。借您的佣人到附近市鎮買些鹽酪。

❾山無虎狼，草無毒螫，路絕蛇虺。林絕鴟鴞——山上沒有虎、狼等猛獸，草叢沒有毒蟲，一路都沒有蛇。甚至樹林中都沒有鴟、鴞等惡鳥。螫：音釋。蟲毒。鴟：音ㄔ。鷂鷹。鴞：ㄒㄧㄠ，

即梟，俗稱貓頭鷹。鴟、鴞都是貪惡之鳥。

❿細窺僧吻，猶帶般血——仔細觀察和尚的嘴，還帶著一點點般紅的血。

⓫賓頭盧——十八羅漢菩薩之一。

⓬（弖咼）弖——應該是「強弖」。「弖咼」：字典中無此字。

⓭人定——夜深人定之時也。

⓮倀鬼——傳說：人為虎咬死後，鬼魂常伴虎為前導覓食。我們罵人「為虎作倀」，意為替惡人辦事。

⓯齧死——咬死。齧：音涅。

二十四、王居貞

明經❶王居貞者，下第歸洛之穎陽。出京，與一道士同行。道士盡日不食，云我咽氣術也。每至居貞睡後，燈滅，即開一布囊，取一皮披之而去，五更復來。他日，居貞佯寢，急奪其囊，道士叩頭乞居貞。居貞曰：「言之即還汝。」遂言：「吾非人，衣者虎皮也。夜即求食於村鄙❷中，衣其皮，即夜可馳五百里。」居貞以離家多時，甚思歸。曰：「吾可披乎。」曰：「可也。」居貞家猶百餘里，遂披之暫歸。夜深不可入其門，乃見一豬，立於門外，擒而食之。後巡迴❸，乃還道士皮。

及至家，云：「居貞之次子，夜出為虎所食。」問其日，乃居貞回日。自後一兩日甚飽，並不食他物。

校志

一、此文據《廣記》卷四百三十與世界四庫刊要本《傳奇》校錄，予以分段，並加註標點符號。

註釋

❶明經——唐之考試，以進士最名貴，其次即為明經。如曾任宰相的元微之，便是明經出身。

❷村鄙——鄙：郊、邊。至村旁覓食。

❸逡巡迴——須臾之間回轉。

二十五、寧茵

大中❶年。有甯茵秀才，假大寮莊於南山下❷。棟宇半墮，牆垣又缺❸。因夜風清月朗，吟咏庭際。俄聞叩門聲，稱桃林斑特處士相訪。

茵啓關睹處士，形質瓌瑋，言詞廓落❹，曰：「某田野之士，力耕之徒。向畎畝❺而辛勤，與農夫而齊類。巢居側近，睹風月皎潔，聞君吟咏，故來奉謁。」

茵曰：「某山林甚僻，農具為鄰。蓬蓽既深，輪蹄罕至❻。幸此見訪，頗慰羈懷。」遂延入，語曰：「然處士之業何如？願聞其說。」

特曰：「某少年之時，兄弟競生頭角。每讀春秋之穎考叔挾輈以走，恨不得佐輔其間。讀史記至田單破燕之計，恨不得奮擊其間。讀東漢至於新野之戰，恨不得騰躍其間。此三事俱快意，俱不能逢，今恨恨耳！今則老倒，又無嗣子空懷舐犢之悲！況又慕涂孺子弔郭林宗言曰：生芻一束，其人如玉。即不敢當；生芻一束，堪令諷味。」❼。

俄又聞人扣關曰：「南山斑寅將軍奉謁。」茵遂延入，氣貌嚴聳，旨趣剛猛。及二

斑相見，亦甚欣慰❽

寅曰：「老兄知得姓之根本否？」

特曰：「昔吳太伯為荊蠻斷髮文身，因茲遂有斑姓。」

寅曰：「老兄太妄，殊不知根本。且斑氏出自鬬穀於菟❾。有文斑之像，因以命已。遠祖固、婕妤❿，好詞章，大有稱於漢朝，及皆有傳於史。其後英傑間生，蟬聯不絕。後漢有班超投筆從戎。相者曰：『君當封侯萬里外。』超詰之，曰：『君燕頷虎頭，飛而食肉萬里。公侯相也。』後果守玉門關，封定遠侯。某世為武賁中郎，在武班。因有過，竄於山林。晝伏夜遊，露跡隱形，但偷生耳。適間松吹月高，牆外閒步，聞君吟咏，因來追謁。況遇當家，尤增慰悅。」

寅因睹碁局在牀，謂特曰：「願接老兄一局。」特遂欣然為之。良久，未有勝負。茵覩之，教特一兩著，寅曰：「主人莫是高手否？」

茵曰：「若管中窺豹，時見一斑。」兩斑笑曰：「大有微機，真一發兩中。⓫」

茵傾壺請飲，及局罷，而飲數巡，寅請備脯脩以送酒。茵設鹿脯，寅齒決，須臾而盡。

特即不茹⓬。茵詰曰：「何故不茹。」特曰：「無上齒不能咀嚼故也。」

數巡後，特稱小疾⓭，便不敢過飲。寅曰：「談何容易！有酒如澠⓮，方學紂為長夜之飲。」覺面已赤。特曰：「弟大是鐘鼎之戶，一坐耽更不動。」後二斑飲過，語紛拏⓯。

特曰：「弟倚是爪牙之士，而苦相凌，何也？」

寅曰：「老兄憑有角之士而苦相抵，何也？」

特又曰：「弟誇猛毅之軀，若值人如卞莊子⓰，當為粉矣。」

寅曰：「兄誇壯勇之力，若值人如庖丁當為頭皮耳⓱。」

茵前有削脯刀，長尺餘，茵怒而言曰：「甯老有尺刀，二客不得喧競，但且飲酒。」二客悚然。特吟曹植詩曰：「萁在釜下燃，豆在釜中泣。此一聯甚不惡。」寅曰：「鄙諺云，鶉鳩樹上鳴，意在麻子地。」俱大笑。

茵曰：「無多言，各請賦詩一章。」茵曰：「曉讀雲水靜，夜吟山月高。焉能履虎尾。豈用學牛刀。」

寅繼之曰：「但得居林嘯，焉能當路蹲。渡河何所適，終是怯劉琨。」

特曰：「無非悲甯戚，終是怯庖丁。若遇龔為守，蹄涔向北溟。」

茵覽之曰：「大是奇才。」寅怒拂衣而起曰：「甯生何黨此輩！自古即有班馬之才。豈有班牛之才？且我生三日，便欲噬人。此人況偷我姓氏，但未能明言者。蓋惡傷其類耳。」

而遂怒曰：「終不能搖尾於君門下」，乃長揖而去。

特亦怒曰：「古人重耆白眉，君今白額，豈敢有人言譽耳。⓲，何相怒如斯！」特遂告辭。

及明，視其門外，唯虎跡牛蹤而已。甯生方悟，尋之數百步，人家廢莊內，有一老牛臥，而猶帶酒氣，虎即入山矣。茵後更不居此而歸京矣。

校志

一、本文依據《廣記》卷四百三十四、世界四部刊要本《傳奇》並參照《類說》卷三十二、《紺珠集》卷十一各篇校錄，予以分段，並加註標點符號。

二、本篇中的詩，見載於《全唐詩》十二函七冊。題為〈二班與寧茵詩〉。

三、第十段：「大有微機，真一發兩中。」《類說》作：「大有微譏，真一發兩豝。」《詩經》〈國風・召南〉中之〈騶虞〉中有：「彼茁者葭，壹發五豝。」意思是說：好一片茂盛的蘆草。一箭射出去趕出了五頭母豬。」和「一箭雙鵰」的意思差不多！

註釋

❶大中——唐宣宗年號，共十三年。

❷假大寮莊於南山下——大寮：大官。莊：通常地主建於田地中收取佃農租谷的地方。假：借。

❸棟宇二句——指房屋。房屋的正樑曰棟。房屋半廢，圍牆又有缺損。

❹形質瓌瑋，言詞廓落——形質奇偉，言詞豁達。

❺甽畝——甽：田中的水溝。甽畝：田地。

❻蓬蓽既深，輪蹄罕至——蓬戶蓽門，極言屋宇之簡陋，車（輪）馬（蹄）很少到來。即是人跡罕到，沒有訪客。

❼特曰一段——他誇讚春秋鄭國潁考叔作戰時挾車轅而走，齊國田單用火牛攻擊敵軍，大破燕國，東漢新野之戰都使用上了牛。全篇話暗示牠是牛怪。芻是乾草，生芻一束，正是冬天牛的飼料。

❽欣慰——欣慰。

❾鬬穀於菟——春秋楚人。即令尹子文（令尹：官名，如同宰相。）據說他出生時，為父母拋棄，由虎哺以乳。楚人謂乳曰「穀」。虎曰「於菟」。父名鬬伯比。他三任令尹無喜色，三次免職無慍色。孔子很稱讚他。

❿遠祖固、婕妤——指寫《漢書》的班固。班婕妤乃班昭。

⓫一發兩中——一語雙關，一箭雙鵰。

⓬茹——吃。

⓭小疾——明鈔本《廣記》作「小戹」，量小之意。都通。

⓮有酒如澠——典出《左傳‧昭十二年》。澠：音繩。澠水，源出山東省臨淄縣西北。

⓯語紛拏——紛爭，或作「紛拏」。

⓰卞莊子——春秋魯人，有勇力。嘗刺虎。一舉而獲兩虎。

⓱當為頭皮耳——此句費解。《類說》作「不存其皮」。似較通順。

⓲豈敢有人言譽耳——明鈔本《廣記》作「豈敢要譽於人耶？」較通順。

二十六、蔣武

寶曆❶中，有蔣武者，循州河源人也。魁梧偉壯，膽氣豪勇。獨處山巖，唯求獵射而已。善於蹶張❷，每賫弓挾矢❸，遇熊虎豹，靡不應弦而斃。剖視其鏃，皆一一貫心焉❹。

一日清晨，忽有物叩門甚急速，武隔扉而窺之，見一猩猩，跨白象。武知猩猩能言，而詰曰：「與象叩吾門，何也？」

猩猩曰：「象有難，知我能言，故負吾而相投耳。」

武曰：「汝有何苦，請話其由！」

猩猩曰：「此山南二百餘里，有嵌空之大巖穴，中有巴蛇❺，長數百尺。電光而閃其目，劍刃而利其牙❻，象之經過，咸被吞噬。遭者數百，無計避匿。今知山客善射，願持毒矢而射之。除得此患，衆各思報恩矣。」其象乃跪地，灑涕如雨。猩猩曰：「山客若許行，便請挾矢而登。」

武感其言，以毒淬矢❼而登。果見雙目在其巖下，光射數百步。猩猩曰：「此是蛇目也。」武怒，蹶張端矢，一發而中其目，象乃負武而奔避。

俄而穴中雷吼，蛇躍出蜿蜒，或掖或踊❽，數里之內，林木草芥如焚❾。至瞑，蛇殞。乃窺穴側，象骨其積如山。於是有十象，以長鼻各捲其紅牙一枝，跪獻與武。

忽又有猩猩跨虎，持金釵釧數十事，而告曰：「此虎一穴，雌雄三子，遭一黃獸，擒其耳，醢其腦。昨見山客脫象之苦，因來相投。」

武挾矢欲行，見前者跨象猩猩至，曰：「昨五虎，凡噬數百人，天降黃獸，食其四矣。今山客受賂，欲射獸，是養虎噬人。觀其釵釧，可知食婦人多少。跨虎猩猩，同惡相濟！」

武慚曰：「吾當留意！」回矢殞虎，踣其猩猩。懸釵釧於門。村人多來認，云為虎所食。武一無所取。

校志

一、本文據《廣記》卷四百四十一、世界四部刊要本《傳奇》、商務萬有文庫《舊小說》第五冊《傳奇》校錄，並參照《類說》卷三十二節錄之〈蔣武〉，予以校補。

二、前三書文字至跪獻於武，後有武受之，猩猩亦辭而去，遂以前象負其牙而歸。武乃大有資產」。等字樣，而後即結束。王夢鷗先生認為《類說》中「忽又有猩猩跨虎……」節，應屬原文。至「武一無所取」為止。似乎這才真正是作者的意思。作者的題旨所在，我們認為王先生看法十分合理，因照改補。至於「武受之……大有資產」四句，予以刪去。是否有當，仍盼高明裁斷。

三、我們將全文加註標點符號，並予分段。

註釋

❶寶曆——唐敬宗年號，才兩年。

❷善於蹶張——足踏強弩張之，曰蹶張。《漢書・申屠嘉傳》：「申屠嘉以材官蹶張，從高祖擊項籍。」

❸賚弓挾矢——賚：持。持弓挾箭。

❹剖視其鏃，皆一一貫心焉——射死了獸，剖開肚子看，箭頭全都是穿心而過——極言其箭法

的精準。

❺巴蛇——食象蛇。巨蛇，《山海經・海內南經》：巴蛇食象。三年而出其骨。

❻電光而閃其目，劍刃而利其牙——眼睛動像閃電的光。牙齒像劍刃一樣鋒利。

❼以毒淬矢——預備劇毒的毒液，將燒紅的箭頭插入其中。箭鏃即淬成劇毒。這種行動叫淬。

❽蛇躍出蜿蜒，或掖或踊——蛇無足，如何能躍出。形容過分。應是似箭飆出。蜿蜒：蛇行的樣子。踊：跳。掖：以手扶持叫掖。不過形容蛇痛苦憤怒的舉動。

❾林木草芥如焚——蛇所經之處，樹木焦枯。此所以形容蛇的兇狠劇毒。

二十七、孫恪

廣德中❶。有孫恪秀才者，因下第，遊於洛中。至魏王池畔，忽有一大第，土木皆新。路人指云：斯袁氏之第也。恪逕注叩扉，無有應聲。戶側有小房，簾幃頗潔，謂伺客之所❷，恪遂褰簾❸而入。

良久，忽聞啓關者，一女子光容鑒物，豔麗驚人。珠初滌其月華，柳乍含其烟媚❹。蘭芬靈濯，玉瑩塵清❺。恪疑主人之處子，但潛窺而已。

女摘庭中之萱草❻，凝思久立，遂吟詩曰：「彼見是忘憂，此看同腐草。青山與白雲，方展我懷抱。」

吟諷慘容。後因來褰簾，忽睹恪，遂驚慚入戶。使青衣詰之曰：「子何人？而夕向於此。」

恪乃語以稅居❼之事曰：「不幸衝突。頗益慚駭，幸望陳達於小娘子。」青衣具以告。

女曰：「某之醜拙，況不修容，郎君久盼簾帷，當盡所睹，豈敢更迴避耶。願郎君少佇內廳，當暫飾裝而出。」

恪慕其容美，喜不自勝。詰青衣曰：「誰氏之子？」曰：「故袁長官之女，少孤，更無姻戚，唯與妾輩三五人據此第耳。小娘子見求適人，但未售也。」

良久，乃出見恪，美豔愈於向者所睹。命侍婢進茶果。曰：「郎君即無第舍，便可遷囊橐於此廳院中。」指青衣謂恪曰「少有所須，但告此輩。」恪愧荷而已。

恪未室，又睹女子之妍麗如是。乃進媒而請之。女亦欣然相受，遂納為室。

袁氏贍足❽，巨有金繒。而恪久貧，忽車馬煥若❾，服玩華麗，頗為親友之疑訝，多來詰恪。恪因驕倨，不求名第，日洽豪貴，縱酒狂歌，如此三四歲，不離洛中。

忽遇表兄張閒雲處士，恪謂曰：「既久暌間，頗思從容❿，願攜衾綢⓫，一來宵話。」張生如其所約。

及夜半將寢，張生握恪手密謂之曰：「愚兄於道門，曾有所授，適觀弟詞色，妖氣頗濃，未審別有何所遇。事之巨細，必願見陳。不然者，當受禍耳。」

恪曰：「未嘗有所遇也。」

張生又曰：「夫人稟陽精，妖受陰氣，魂掩魄盡，人則長生；魄掩魂消，人則立死。故鬼怪無形而全陰也，仙人無影而全陽也。陰陽之盛衰，魂魄之交戰，在體而微有失位，莫不表白於氣色。向觀弟神采，陰奪陽位，邪干正腑，真精已耗，識用漸隳。津液傾輸，根蒂蕩動。骨將化土，顏非渥丹。必為怪異所鑠，何堅隱而不剖其由也！」

恪方驚悟，遂陳娶納之因。

張生大駭曰：「只此是也，其奈之何！」

恪曰：「弟忖度之，有何異焉。」

張曰：「豈有袁氏海內無瓜葛之親哉？又辨慧多能，足⑫為可異矣。」

（恪）遂告張曰：「某一生邅迍⑬，久處凍餒，因茲婚娶，頗似蘇息。不能負義，何以為計？」

張生怒曰：「大丈夫未能事人，焉能事鬼？傳云：妖由人興，人無釁焉，妖不自作。且義與身孰親？身受其災，而顧其鬼怪之恩義，三尺童子，尚以為不可，何況大丈夫乎！」張又曰：「吾有寶劍，亦干將之儔亞也。凡有魍魎，見者滅沒，前後神驗，不可備數。詰朝奉借。倘攜密室，必睹其狼狽，不下昔日王君攜寶鏡而照鸚鵡⑭也。不然者，則不斷恩愛耳。」明日，恪遂受劍。張生告去，執手曰：「善伺其便！」

恪遂攜劍隱於室內，而終有難色。

袁氏俄覺，大怒而責恪曰：「子之窮愁，我使暢泰，不顧恩義，遂興非為。如此用心，則犬彘不食其餘，豈能立節行於人世也。」恪既被責，慚顏慯慮⓯，叩頭曰：「受教於表兄，非宿心也。願以飲血為盟⓰，更不敢有他意。」汗落伏地。

袁氏遂搜得其劍。寸寸折之，若斷輕藕耳。恪愈懼，似欲奔迸⓱，袁氏乃笑曰：「張生一小子，不能以道義誨其表弟，使行其兇險，來當辱之。然觀子之心，的應不如是。吾匹君已數歲矣，子何慮哉。」恪方稍安。

後數日，因出遇張生，曰：「無何使我撩虎鬚，幾不脫虎口耳。」張生問劍之所在，具以實對。張生大駭曰：「非吾所知也！」深懼而不敢來謁。

後十餘年，袁氏已鞠育二子，治家甚嚴，不喜參雜。後恪之長安，謁舊友人王相國縉，遂薦於南康張萬頃大夫，為經略判官，挈家而往。

袁氏每遇青松高山，凝睇久之，若有不快意。到端州，袁氏曰：「去此半程，江壖⓲有峽山寺，我家舊有門徒僧惠幽，居於此寺。別來數十年，僧行夏臘極高，能別形骸，善出塵垢。倘經彼設食，頗益南行之福。」恪曰：「然。」遂具齋蔬之類，及抵寺，袁氏欣然易服理粧，攜二子，詣老僧院，若熟其逕者，恪頗異之。遂將碧玉環子以獻僧曰：「此是院中舊物。」僧亦不曉，及齋罷，有野猿數十，連臂下於高松，而食於生臺上[19]，後悲嘯捫蘿而躍。

袁氏惻然，俄命筆題僧壁曰：「剛被恩情役此心，無端變化幾湮沉[20]。不如逐伴歸山去，長嘯一聲烟霧深。」

乃擲筆於地，撫二子咽泣數聲，語恪曰：「好住！好住！吾當永訣矣。」遂裂衣化為老猿，追嘯者躍樹而去。將抵深山而復返視。

恪乃驚懼，若魂飛神喪。良久。撫二子一慟。乃詢於老僧，僧方悟。「此猿是貧道為沙彌時所養。開元中有天使高力士經過此，憐其慧黠以束帛而易之。聞抵洛京，獻於天子。時有天使來往，多說其慧黠過人，長馴擾於上陽宮內。及安史之亂，即不知所之。於戲！不期今日更睹其怪異耳。碧玉環者，本訶陵胡人所施，當時亦隨猿頸而往。今方悟矣。」

恪遂惆悵，艤舟六七日，携二子而迴棹，不復能之任也。

校志

一、本文見於《廣記》卷四百四十五，題名〈孫恪〉，下注：「出傳奇」。商務舊小說卷三亦有此文，題名〈袁氏傳〉，下注「又見傳奇。」著者則題為顧夐。《類說》卷三十二有此文，但非常簡略。世界書局四部刊要本《傳奇》於此文下注云：「見《太平廣記》卷四百四十一。」四百四十一為四百四十五之誤。世界書局《唐人傳奇小說》也有此文。因據上列諸書予以校錄、分段、並加注標點符號。

二、顧攜衾綢——「綢」字，王夢鷗先生認為是「裯」之誤。《詩》「抱衾與裯。」大被子、小被子。王先生所見甚是。

三、遂告張曰——其上應有一主詞。故加上「恪」字，「恪遂告曰。」

註釋

❶廣德——唐代宗年號。共兩年。西元七六三至七六四年。

❷伺客之房——等於今日的會客室。

❸搴簾而入——掀起簾子進屋。

❹珠初滌其月華，柳乍含其烟媚——好似洗淨的珠子光如月華照人，又好似柳樹的柔媚。

❺蘭芬靈濯，玉瑩塵清——濯本是水名，此處可能有誤。兩句話不過形容此一女子芬香靈潔、玉瑩冰清。

❻萱草——又名忘憂草。

❼稅居——租屋。

❽贍足——家富為贍。贍足：富有。

❾車馬煥若——車馬光鮮。

❿既久睽間，頗思從容——既以睽違甚久，很想從從容容的相聚一下。

⓫頗攜衾綢——綢乃裯之誤。希望把棉被帶來。

⓬足為可異矣——王夢鷗先生認為「足」可能是「是」字之誤。

⓭邅迍——處於困難，不敢前進。邅：迍也，或作屯邅。

⓮王君攜寶鏡而照鸚鵡——王度〈古鏡記〉，起首敘王度借得古鏡，名鸚鵡的女婢為古鏡照到，化為狐狸。

⓯慚言惕慮——又羞又怕。

⓰飲血為盟——今日都說「歃血為盟」。歃也是飲的意思。

⓱似欲奔迸——想奔逃。

⓲壖——河邊之地。

⓳食於生臺上——王夢鷗先生認為是「食於土臺上」。「生」為「土」之誤。

⓴湮沉——消滅。

二十八、鄧甲

寶曆❶中，鄧甲者，事茅山道士峭巖。峭巖者，眞有道之士。藥變瓦礫，符召鬼神❷。甲精懇虔誠，不覺勞苦，夕少安睫。晝不安牀❸。峭巖亦念之，教其藥，終不成；授其符，竟無應。道士曰：「汝於此二般無分，不可强學。」授之禁天地、蛇術❹。寰宇之內。唯一人而已。甲得而歸焉。

至烏江，忽遇會稽宰遭毒蛇螫其足❺，號楚之聲，驚動閭里。凡有術者，皆不能禁，甲因爲治之。先以符保其心，痛立止；甲曰：「須召得本色蛇，使收其毒。不然者，足將刖❻矣。」是蛇疑人禁之，應走數里。」

遂立壇於桑林中，廣四丈，以丹素周之❼。乃飛篆字，召十里內蛇，不移時而至，堆之壇上，高丈餘，不知幾萬條耳。後四大蛇，各長三丈，偉如汲桶❽，蟠其堆上。時百餘步草木，盛夏盡皆黃落。甲乃跣足❾攀緣，上其蛇堆之上，以青篠❿敲四大蛇腦曰：「遣汝作王，主掌界內之蛇，焉得使毒害人？是者即住，非者即去！」

甲卻下，蛇堆崩倒，大蛇先去，小者繼往，以至於盡。只有一小蛇，土色肖筋，其長尺餘，懵然不去。

甲令舁宰來⓫，垂足，叱蛇收其毒。蛇初展縮難之，甲又叱之，如有物促之，只可長數寸耳，有膏流出其背，不得已而張口向瘡吸之。宰覺其腦內有物，如針走下。蛇遂裂皮成水，只有脊骨在地。宰遂無苦，厚遺之金帛。

時維揚有畢生者常弄蛇千條，日戲於闤闠⓬。遂大有資產，而建大第。及卒，其子鬻其第⓭，無奈其蛇，因以金帛召甲。

甲至，與一符，飛其蛇過城垣之外，始貨得宅。

甲後至浮梁縣⓮，時逼春，聞有茶園之內，素有蛇、毒人，不敢掇其茗，斃者已數十人。邑人知甲之神術，斂金帛令去其害。甲立壇召蛇王，有一大蛇如股，長丈餘，煥然錦色。其從者萬條，而大者獨登壇，與甲較其術。蛇漸立，首隆數尺⓯，欲過甲之首。甲以杖上拄其帽而高焉。蛇首竟困，不能逾甲之帽。蛇乃踣為水⓰。餘蛇皆斃。儻若蛇首逾甲，即甲為水焉。從此，茗園遂絕其毒虺。甲後居茅山學道，至今猶在焉。

校志

一、本文根據《廣記》卷四百五十八、世界四部刊要本《傳奇》及商務萬有文庫《舊小說》第五冊《傳奇》校錄，予以分段，並加註標點符號。

二、茅山、在江蘇省句容縣。漢朝茅盈、茅固、茅衷在此得道，故稱茅山。茅山之於法術，有如武當少林之於武術。後市寫法術符咒故事者，多以茅山為正宗。

註釋

❶寶曆——唐敬宗年號，僅二年，自西元八二五至八二六年。自陶淵明〈桃花源記〉出，唐人寫小說，第一句常仿效第一句「晉太原中。」故我們常見〈傳奇〉，許多都以「開元中」、「元和中」等句子開頭。

❷藥變瓦礫，符召鬼神——以藥變瓦礫為黃金，以符咒役使鬼神。

❸夕少安睫，晝不安牀——夜不閉眼，晝不午睡。謂用功之勤。

❹授之禁天地蛇術——教授他（鄧甲）拘禁蛇的法術。不但學成了，而且學得非常好。國內（寰宇之內）獨一無二。

❺毒蛇螫其足——螫：尸ㄧ，音是。毒蛇咬到足。通常人為蜜蜂、蠍子等的毒針所刺傷叫螫傷。

❻刖——把腳剁去，乃古之肉刑之一，叫刖。

❼以丹素圍之——用紅白（布）把周圍圍起來。

❽偉如汲桶——粗大如汲水之水桶。

❾跣足——赤著腳。

❿篠——小竹子，音小。

⓫令舁宰來——舁：兩人抬一物叫舁。令二人將會稽宰抬來。

⓬闤闠——市場，市肆。闤：市垣也。闠：市外門也。

⓭其子鬻其第——他的兒子將他的房子賣掉。鬻：賣。

⓮浮梁縣——今之江西浮梁。

⓯首隆數尺——頭抬起數尺之高。隆：隆起，升起。

⓰蛇乃踣為水——踣：跌倒。

二十九、高昱

元和❶中，有高昱處士，以釣魚為業。嘗艤舟❷於昭潭，夜僅三更，不寐。忽見潭上有三大芙蕖❸，紅芳頗異，有三美女，各踞❹其上。俱衣白，光潔如雪，容華豔媚，瑩若神仙❺。共語曰：「今夕闊水波澄，高天月皎，恰賞情景，堪話幽玄。」其一曰：「旁有小舟，莫聽我語否？」又一曰：「縱有人，非濯纓❻之士，不足憚也。」相謂曰：「昭潭無底橘洲浮，信不虛耳。」又曰：「各請言其所好何道。」其次曰：「吾性習釋❼。」其次曰：「吾習儒。」各談本教道義，理極精微。

一曰：「吾昨宵得不祥之夢。」

二子曰：「何夢也？」

曰：「吾夢子孫愴惶，窟宅流迸，遭人斥逐，舉族奔波。是不祥也！」

二子曰：「遊魂偶然，不足信也。」三子曰：「各算來晨，得何物食？」

久之，曰：「各從所好僧道儒耳。吾適來所論，便成先兆，然未必不為禍也。」言訖，遂巡而沒。昱聽其語，歷歷記之。

及旦，果有一僧來渡，至中流而溺。昱大駭曰：「昨宵之言不謬❽耳。」旋踵，一道士艤舟將濟，昱遽止之。道士曰：「君妖也！僧偶然耳。吾赴知者所召，雖死無悔，不可失信。」叱舟人而渡，及中流，又溺焉。

續有一儒生，挈書囊涇渡，昱懇曰：「如前去僧道，已沒矣。」儒正色而言：「死生命也，今日吾族祥齊❾，不可虧其弔禮。」將鼓棹，昱挽書生衣袂曰：「臂可斷，不可渡。」書生方步行於岸側，忽有物如練，自潭中飛出，繞書生而入。昱與渡人遽前，捉其衣襟，漦涎流滑❿，手不可制。昱長吁曰：「命也，頃刻而沒三子。」

俄而有二客乘葉舟而至，一叟一少，昱遂謁叟，問其姓字。叟曰：「余祁陽山唐勾鼇。今適長沙，訪張法明威儀。」昱久聞其高道，有神術，禮謁甚謹。

俄聞岸側有數人哭聲，乃三溺死者親屬也。叟詰之，昱具述其事。叟怒曰：「焉敢如此害人！」遂開篋，取丹筆篆字，命同舟弟子曰：「為吾持此符入潭，勒其水怪，火急他徙。」

弟子遂捧符而入，如履平地。循山腳行數百丈，觀大穴明瑩，如人間之屋室。見三白猪寐於石榻，有小猪數十，方戲於旁。及持符至，三猪忽驚起，化白衣美女。小者亦俱為童女。捧符而泣曰：「不祥之夢果中矣。」曰：「為某啓仙師，住此多時，寧無愛戀。容三日，徙歸東海。各以明珠為獻。」弟子曰：「吾無所用。」不受而返，具以白叟。

叟大怒曰：「汝更為我語此畜生，明晨速離此。不然，當使六丁就穴斬之。」弟子又去，三美女號慟曰：「敬依處分。」弟子歸。明晨有黑氣自潭面而去，須臾烈風迅雷，激浪如山。有三大魚，長數丈，小魚無數，迴繞沿流而去。叟曰：「吾此行甚有所利，不因子，何以去昭潭之害？」遂與昱乘舟東西耳⓫。

校志

一、本文據《廣記》卷四百七十、世界四部刊要本《傳奇》及商務萬有文庫《舊小說》第五冊《傳奇》校錄，予以分段，並加註標點符號。

二、第一段「但衣白」，談本《廣記》作俱衣白。以俱為是。

三、《類說》卷三十二節錄此文。我們也拿來參考。

註釋

❶元和——唐憲宗年號，共十五年

❷艤舟昭潭——泊舟昭潭。昭潭在湖南湘潭縣北湘水中，為湘水最深處。

❸芙蕖——荷花。

❹踞——蹲。

❺容華豔媚，瑩若神仙——容貌非常美豔嬌媚，散發著像玉一般的神仙光彩。

❻濯纓——《孟子》：「有孺子歌曰：『滄浪之水清兮，我以濯吾纓。滄浪之水濁兮，可以濯吾足。』」濯纓之士，指高士。

❼釋——指佛教。

❽不謬——不錯。謬：狂言，妄言。

❾祥齊——齊：齋。祥：父母喪禮。

❿漦涎流滑——漦：音厘，龍所吐的涎沫，非常滑。

⓫乘舟東西耳——這句話不完整，可能有闕文。

三十、文蕭

唐文宗太和末，有書生文蕭，海內無家，因萍梗抵鍾陵郡❶。蕭性柔而治道，貌清而出塵，與紫極宮道士柳棲乾善，遂止其宮；三四年矣。

鍾陵西山有游帷觀，即許眞君遜❷上昇之第也。每歲，至中秋上升日，吳蜀越楚之人，不遠千里而至，多攜挈名香珍果，繒繡金錢，設齋醮以祈福。

時鍾陵人萬數，車馬喧闐❸，士女櫛比❹，連臂踏歌；蕭因往觀之。睹一麗姝，歌曰：「若能相伴陟仙壇，應得文蕭與彩鸞，自有繡襦並甲帳，瓊台不怕雪霜寒。」因聽其詞理脫塵出俗，意諧物外；復歌詞有「文蕭」「彩鸞」之句。蕭驚曰：「吾姓名其兆乎此，必神仙之儔侶也。」竟植足而不能去❺。

蕭詰左右❻，或云：「洪井青衣女子❼也。其居洪崖壇側，亦不得其實。」蕭伺之，歌罷，已四更矣。姝與三四輩告別，獨秉燭穿大松逕，將陟山捫石❽，冒險而昇焉。蕭亦潛躡其蹤❾。

燭將盡，有仙童數十輩，持炬出迎之。蕭失聲，姝乃覺，回首而詰曰：「非文蕭耶？」蕭曰：「然。」姝曰：「吾與子，數未合，何遽至此！」因相引至絕頂。侍衛甚嚴，有几案帷幄，金爐國香⑩。

與蕭坐定，有二仙娥各持簿書⑪而前，請詳斷。其間多指射江湖覆沒之事。適至一婦女名，而姝意有不得所。又云：「某日滄湖風濤，亦有誤殺孩稚⑫者。」姝怒曰：「豈容易而誤耶？」執簿書者曰：「但嬰孩氣弱未足，自不禁也；非不救。莫奈之何！」

蕭聞之，因詰其事，姝竟不對。蕭又請益堅，姝答曰：「此天機，不合泄於子，吾當與子受禍爾。」仙娥持書既去，忽天地黯晦，風雷震怒，擺裂帷帳，傾覆案几⑬。蕭恐悸不敢傍視。姝倉皇著衣秉簡，叩齒肅恭，伏地待罪。俄而風雨貼息，星宿陳布，而仙童自天而降，持天書宣曰：「吳彩鸞以私欲而泄天機，謫為民妻一紀。」

姝遂流涕與蕭相偕下山，竟許成婚而歸鍾陵，止蕭所居之室。蕭方知姝姓名。因詰姝先世之譜系，姝曰：「我父吳仙君諱猛，豫章人也。晉書有傳。濟人利物，立正去邪，今為仙官，名標洞府。吾昨為仙主陰籍，僅六百年矣。但無何，得罪於帝，俄遭謫也。然子亦因吾可出世矣。」

蕭處清貧，不能自給，姝寫孫愐唐韻[14]，日一部，運筆如飛，每鬻之，獲金五緡[15]。盡則復寫。如此，僅十載，至唐武宗會昌二年，稍微人知，遂與文蕭潛往新吳縣越王山側，百姓鄒舉村中，作詩云：「一斑與兩班，引入越王山。世數今逃盡，煙蘿得再還。」

夫婦共訓童子數十人[16]。忽一夜，聞二虎咆哮於院外，及明，失二人所在。凌晨，有負薪者自越王山下見二人，各跨一虎，行步如風，陟峰巒而去[17]。

校志

一、本文不見轉錄於《廣記》，但《類說》卷三十二和《紺珠集》卷十一，都說吳彩鸞故事出諸《傳奇》。王夢鷗先生《唐人小說研究》第一冊《傳奇》錄有此篇。我們據王本校錄，予以分段。

二、吳猛《晉書》卷九十五〈藝術〉傳載：「吳猛少有孝行，夏夜手不驅蚊，恐蚊蟲咬其雙親。年四十得邑人丁義授神方。始能以扇畫水而渡。庾亮為江州刺史，因疾，迎猛問之。猛辭以算盡，請給棺服。猛十日果死。但面目如生。未及大斂，遂失尸身。」

三、又據王夢鷗先生考證：《正統道藏洞真部》、《歷代仙真體通鑑後集》卷五，輯有此文。《全唐詩》十二函七冊載有第三段「若能」詩。王氏並考定吳彩鸞確有其人。」她一個晚上能書《廣韻》一部。王國維且說「唐韻別本殘卷」見存敦煌殘卷中，確為吳彩鸞所書。

四、全篇只仙童宣天書說：「吳彩鸞泄天機。」此外，都稱「姝」。姝、美麗的女子。如〈裴航〉中始終稱雲英之祖母為「嫗」一樣，的是裴鉶手法。

註釋

❶因萍梗抵鍾陵郡——萍梗：喻行踪居處飄忽無定。鍾陵：江西進賢縣。

❷許真君——許遜，晉汝南人。家南昌。弱冠從仙人吳猛，受三清法要。太康初，拔宅飛昇。

❸車馬喧闐——闐：謂盛滿於門中之貌。此處形容車馬多，喧鬧擁擠。

❹士女櫛比——櫛比：排比相列，有如梳子的齒。

❺植足不能去——兩隻腳好像種植在地，移不動，走不開。

❻詰左右——向左右之人詢問。

❼青衣女子——青衣：古賤人所著，指奴婢。

❽陟山捫石——摸著岩石登山。

❾潛繼其蹤——偷偷的在後跟蹤。

❿几案帷幄，金爐國香——國香：蘭花香味。金爐：金屬作的香爐。

⓫簿書——有如今日的「卷宗」。

⓬某日滄湖風濤，亦有誤殺孩稚——這兩句話應該是二仙娥之一所說。水色滄，故曰滄江，滄湖。

⓭擺裂帷帳，傾覆案几——擺、搖動。狂風撕裂帷帳，傾倒桌椅。

⓮孫愐《唐韻》——隋陸法言撰《切韻》，唐儀鳳二年長孫納言為之箋註。其後王仁煦等又附益也。天寶十年，孫愐復加刊正，分為五卷。別名《唐韻》。其書久佚，尚有手寫本四十餘葉存。王國維《觀唐全書》第二冊〈唐韻別本考〉謂：「今存敦煌殘卷，確為吳彩鸞所書。」第八冊中說：「元王惲《玉堂嘉話》，紀所見南宋府書畫，有吳彩鸞龍鱗楷，韻後有柳城縣跋，亦云彩鸞一夕書《唐韻》一部。

⓯每鬻之，獲金五緡——鬻：音育，賣。每賣一部，可獲錢五緡。緡：用來穿錢的絲線。古銅錢外圓中有一方孔，可穿在一起。一緡穿一千錢。

⓰夫婦共訓童子數十人——夫婦倆教了數十個學生。

⓱陟峰巒而去——陟：登山。兩人騎虎，登上峰巒走了。

三十一、姚坤

太和中❶，有處士❷姚坤，居於東洛萬安山南，不求榮達，以琴尊自怡。其側有獵人，常以網收狐兔爲業。坤性仁，恒收贖而放之。如此，活者數百。

坤舊有莊❸，質❹於嵩嶺菩提寺。坤持其價而贖❺之。其知莊僧惠沼行凶。率常於闃處❻鑿井，深數丈，投以黃精❼數百斤，求人試服，觀其變化。乃飲坤，大醉，投於井中，以磑石咽其井❽。

坤及醒，無計躍出，但飢茹黃精而已。如此數日夜，忽有人於井口召坤姓名。謂曰：「我，狐也，感君活我子孫不少，故來教君。我狐之通天者❾，初穴於塚❿，因上竅乃窺天漢星辰，有所慕焉。恨身不能奮飛，遂凝盼注神，忽然不覺飛出。躡虛駕雲，登天漢⓫，見仙官而禮之。君但能澄神泯慮，注盼玄虛，如此精確，不三旬而自飛出。雖竅之至微，無所礙矣。」

坤曰：「汝何據耶？」

狐曰：「君不聞西昇經⑫云：神能飛後，亦能移山，君其努力云。」言訖而去。

坤信其說，依而行之，約一月，忽能跳出於磑孔中⑬。遂見僧，大駭，視其井依然。僧禮坤，詰其事。坤告曰：「但於中餌黃精一月，身輕如神，自能飛出，竅所不礙。」僧然之，遣弟子以索墜下，約弟子一月後來窺。弟子如其言。月餘來窺，僧已斃於井耳。

坤歸旬日，有女子自稱夭桃，詣⑮坤云：「是富家女，誤為年少誘出，失蹤不可復返，願持箕帚⑯。」坤見之，妖麗冶容，至於篇什等禮，俱能精至。坤亦念之。後坤應制，挈夭桃入京。至盤豆館，夭桃不樂，取筆題竹簡，為詩一首曰：「鉛華久御向人間，欲捨鉛華更慘顏，縱有青邱今夜月，無因重照舊雲鬟。」

吟諷久之，坤亦矍然⑰，忽有曹牧遣人執良犬，將獻裴度。入館，犬見夭桃怒目掣鎖，蹲步上階。夭姚亦化為狐。跳上犬背，抉其目。犬驚，騰號出館，望荊山而竄。坤大駭逐之，行數里，犬已斃，狐即不知所之。

坤惆悵悲惜，盡日不能前進。及夜，有老人挈美醞詣⑱坤，云是舊相識。既飲，坤終莫能達相識之由。老人飲罷，長揖而去，云：「報君亦足矣，吾孫亦無恙。」遂不見，坤方悟狐也。後寂無聞矣。

校志

一、《廣記》卷四百五十四載此文。末註云：「出《傳記》。」但王夢鷗先生認此文應屬《傳奇》中之一篇。此文結局事出盤豆館。《傳奇》中，〈江叟〉故事，也發生於盤豆館。而全篇故事，又和〈孫恪〉有相似之處。

二、本文據《廣記》校錄、予以分段，並加註標點符號。

三、本文開始時謂姚坤「常以漁釣自適。」而後說他「坤性仁，橫收贖（獵人之狐兔）而放之」，兩相抵觸。甚可能是衍出，或手民誤植。故予刪去。以求文氣前後相應。

註釋

❶太和中——唐文宗年號，共九年。自西元八二七至八三五年。

❷處士——士子之不欲出仕者。

❸莊——從前田地眾多的富人，多在其田地集中之處，設立「莊院」，以便利佃農可就近交租

穀。記得小時，我們家就有兩三個莊。

❹質——當。典當。我們向當鋪借錢，別值錢的東西，如鑽戒、金飾，交給當鋪，這便是質。還錢的時候，贖回。

❺贖——將所典當之物向對方用錢贖回來。

❻闃處——寂無人聲之處。即人罕到之處。

❼黃精——多年生草本植物，屬百合科。通常供藥用。

❽以磑石咽其井——兩片石頭，以鋸齒狀合放一起，稱磑石。和尚用這種石頭把井給蓋起來。磑石像井的咽喉。意思是：雖有咽喉小縫，人不可能爬出來。

❾通天王狐狸——也就是通靈的狐狸。

❿塚——墳墓。

⓫天漢——雲漢。

⓬西昇經——不明。

⓭跳出磑孔中——從兩片相合的石片中之小縫隙中跳出來。

秀威經典　　語言文學類　PG1960　新視野51

教你讀唐代傳奇
——裴鉶傳奇

作　　者／劉　瑛
責任編輯／辛秉學
圖文排版／莊皓云
封面設計／蔡瑋筠

出版策劃／秀威經典
發 行 人／宋政坤
法律顧問／毛國樑　律師
印製發行／秀威資訊科技股份有限公司
114台北市內湖區瑞光路76巷65號1樓
電話：+886-2-2796-3638　傳真：+886-2-2796-1377
http://www.showwe.com.tw
劃撥帳號／19563868　戶名：秀威資訊科技股份有限公司
讀者服務信箱：service@showwe.com.tw
展售門市／國家書店（松江門市）
104台北市中山區松江路209號1樓
電話：+886-2-2518-0207　傳真：+886-2-2518-0778
網路訂購／秀威網路書店：http://store.showwe.tw
國家網路書店：http://www.govbooks.com.tw

2018年2月　BOD一版
定價：300元

國家圖書館出版品預行編目

教你讀唐代傳奇：裴鉶傳奇 / 劉瑛著. -- 一版.
-- 臺北市：秀威經典, 2018.02
面； 公分
BOD版
ISBN 978-986-96186-0-1(平裝)

857.241 107001920

讀者回函卡

感謝您購買本書，為提升服務品質，請填妥以下資料，將讀者回函卡直接寄回或傳真本公司，收到您的寶貴意見後，我們會收藏記錄及檢討，謝謝！

如您需要了解本公司最新出版書目、購書優惠或企劃活動，歡迎您上網查詢或下載相關資料：http:// www.showwe.com.tw

您購買的書名：______________________________

出生日期：________年________月________日

學歷：□高中（含）以下　□大專　□研究所（含）以上

職業：□製造業　□金融業　□資訊業　□軍警　□傳播業　□自由業

□服務業　□公務員　□教職　□學生　□家管　□其它_____

購書地點：□網路書店　□實體書店　□書展　□郵購　□贈閱　□其他

您從何得知本書的消息？

□網路書店　□實體書店　□網路搜尋　□電子報　□書訊　□雜誌

□傳播媒體　□親友推薦　□網站推薦　□部落格　□其他__________

您對本書的評價：（請填代號　1.非常滿意　2.滿意　3.尚可　4.再改進）

封面設計____　版面編排____　內容____　文／譯筆____　價格____

讀完書後您覺得：

□很有收穫　□有收穫　□收穫不多　□沒收穫

對我們的建議：______________________________

____

____

____

請貼
郵票

11466
台北市內湖區瑞光路 76 巷 65 號 1 樓

秀威資訊科技股份有限公司 收

BOD 數位出版事業部

....

（請沿線對折寄回，謝謝！）

姓　　名：＿＿＿＿＿＿＿＿　年齡：＿＿＿＿　性別：□女　□男

郵遞區號：□□□□□

地　　址：＿＿＿＿＿＿＿＿＿＿＿＿＿＿＿＿＿＿＿＿

聯絡電話：(日) ＿＿＿＿＿＿＿＿＿＿ (夜) ＿＿＿＿＿＿＿＿＿＿

E-mail：＿＿＿＿＿＿＿＿＿＿＿＿＿＿＿＿＿＿＿＿